WAAAH!
CRASH!

Antje Szillat

Die Super Jumper
Band 3: Tarik,
der beste Sprayer der Stadt

FSC
www.fsc.org
MIX
Papier aus verantwortungsvollen Quellen
FSC® C014496

5 4 3 2 1

ISBN 978-3-649-61741-9

Text: Antje Szillat
Dieses Werk wurde vermittelt durch die
Literarische Agentur Thomas Schlück GmbH, 30827 Garbsen
Illustrationen: Kim Schmidt
Umschlaggestaltung: init, Büro für Gestaltung
Lektorat: Frauke Reitze
Satz: FSM Premedia GmbH & Co. KG
Printed in Germany

www.coppenrath.de

Antje Szillat

DIE SUPER JUMPER

TARIK

DER BESTE SPRAYER DER STADT

Mit Illustrationen von Kim Schmidt

COPPENRATH

Inhalt

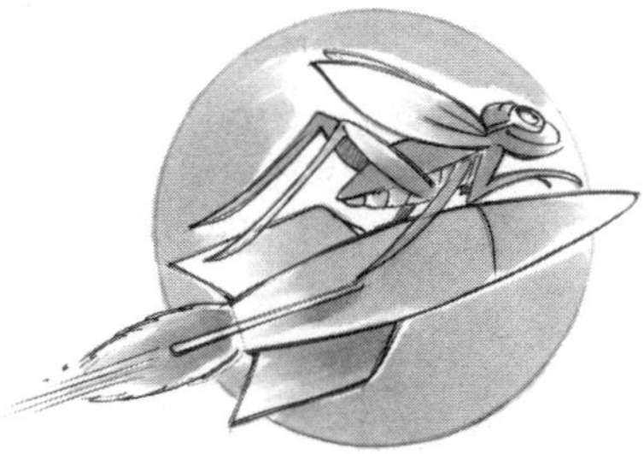

Flieg weit!

Tarik

Immer schön flauschig bleiben!

Seitdem mein Future-Bike und ich zu den Super Jumpern gehören, habe ich nicht nur daheim, im tausendsten Stock des gigantischsten Hochhauses unserer Stadt, eine Großfamilie an der Backe kleben. Sondern auch in unserem gemütlichen, neu errichteten Chill House – also fast überall, wo ich gerade abhänge.

Aber brauche ich deshalb ganz dringend eine Tüte Mitleid?

No! Denn der coolste Ort der Welt ist dort, wo man sich umeinander kümmert, finde ich. Doch es hat eine Weile gedauert, bis ich erkannt habe, dass echte Freundschaft gar nicht so nervig ist. Schließlich gehöre ich endlich mal irgendwo dazu! Ihr müsst wissen, das ist eine echte Premiere für mich. Vorher habe ich immer nur danebengestanden und hatte große Mühe, nicht zu explodieren wie ein Chinaböller, wenn mich mal einer aus Versehen flüchtig von der

Seite angeglotzt hat. Vorher war ich ein Einzelgänger, der keine Lust auf andere hatte.

Justus meint, das kommt davon, weil ich mich nicht richtig ausbreiten kann – jawohl, ausbreiten. Ich teile mir nämlich putzige elf Quadratmeter mit meinen zwei jüngeren Brüdern Cem und Adnan. Und eins ist klarer als Kloßbrühe, wenn man kaum Luft kriegt, wird das Hirn nicht richtig mit Sauerstoff versorgt, und dann kann man auch nicht kreativ sein. Und das wiederum macht mich so höllisch stinkig, denn insgeheim bin ich ein Künstler. Auch wenn der Rest der Familie Toprak das einfach nicht kapieren will.

Egal! Ich werde es ihnen schon noch beweisen.

Doch es geht nicht nur um meine Familie, ich will es mir selbst auch beweisen. Nur der Weg dahin, Leute, glaubt es mir, ist ziemlich holprig. Wie gut, dass ich Megaspikes an den Reifen meines Bikes habe ...

Ich bin Tarik, der mit den Spraydosen tanzt, und das ist meine Story!

Kapitel 1

Gigantische Farbexplosion im Tunnel

»Wann sind wir denn endlich da? Mir ist kalt. Und Hunger habe ich auch«, nörgelt Buddy.

»Pssst«, zische ich ihm zu und zeige ihm einen Vogel. »Schrei doch hier nicht so herum. Außerdem sind wir ja jetzt da.«

»Wo sind wir denn überhaupt? Und warum sollen wir, bitte schön, flüstern?«, fragt Nico.

»Wir sind am Bahnhof und ... na weil ... weil es eben schon spät ist.« Verdammt, was Besseres will mir auf die Schnelle echt nicht einfallen. Und außerdem durchzuckt mein Hirn gerade die total doofe Erkenntnis, dass es ein Fehler war, Buddy, Nico und Sami zu fragen, ob sie nicht mitkommen wollen. Zum Bahnhof. Im Dunkeln. Wobei es unten im Tunnel natürlich gar nicht dunkel ist – schließlich wird er von tausend Halogenlampen ausgeleuchtet. Sonst würden sich die Leute garantiert die Hose vollstrullern, wenn sie von der einen auf die andere Bahnsteigseite müssen. Es gibt nämlich nur den einen Weg dorthin – durch diesen Tunnel, den die Stadtverwaltung vor einem halben Jahr endlich nach irre langer Bauzeit feierlich freigegeben hat.

Seit diesem Tag träume ich davon, die öden grauen Wände zu verwandeln. Zu verschönern! Mit meiner Street Art. Yeah! Heute ist es endlich so weit – der Tag ist gekommen. Ich bin bereit. Das wird gigantisch!

Natürlich habe ich vorher geübt. Hallo, Leute, denkt ihr etwa, so ein großes Projekt würde ich dem Zufall überlassen? No!

Die letzten Tage habe ich gesprayt, was das Zeug hielt. Unser endlich wieder aufgebautes Chill House glänzt jetzt nicht nur dadurch, dass es mit professioneller Unterstützung von Samis Vater errichtet wurde und nun für alle Ewigkeiten jedem Angriff unserer Feinde standhalten wird. Sondern ganz besonders deshalb, weil ich es mit meiner Spraydosenkunst verschönert – nein, endcool gemacht habe.

YEAH!

Die anderen fünf Super Jumper haben wirklich nicht schlecht gestaunt. Meterhoch sogar. Am meisten Justus. Der hat sich kaum noch eingekriegt. Immer wieder hat er gemeint, dass ich richtig, richtig großes Talent hätte. Natürlich bin ich blutorangenrot angelaufen. Auf Komplimente und so 'n Krimskrams stehe ich halt nicht so. Na ja, zumindest äußerlich. In mir drinnen fühlt sich das MEGA an. Bei mir zu Hause hagelt es ja nicht allzu oft Komplimente. Und schon mal gar nicht für meine Kunst. Pöh, mal locker nicht!

»He, Tarik, jetzt sag mal!« Nico gibt keine Ruhe. »Warum hast du uns zum Bahnhof geschleppt? Hier ist doch absolut nichts los. Und am allerwenigsten hier unten im Tunnel.«

»Ich weiß es, ich weiß es«, ruft Buddy plötzlich dazwischen. »Du willst heimlich rauchen!«

»Blödsinn!« Ich kann nur empört den Kopf schütteln. »Rauchen ist nur was für Hohlbirnen.« Das weiß schließlich jeder, füge ich noch in Gedanken hinzu und auch noch, dass es wirklich, wirklich ein Fehler war, die drei mitzunehmen! Ein affengroßer Kackfehler! Aber jetzt ist es zu spät. Es gibt kein Zurück mehr. Dafür habe ich das Ganze viel zu lange geplant – und mein komplettes Taschengeld von drei Monaten UND das meiner beiden kleinen Brüder ausgegeben (die davon natürlich nichts wissen).

»Okay, wenn ihr euch nicht gedulden könnt, dann sag ich es euch eben. Wir sind hierhergekommen, um den öden Tunnel ein wenig zu tunen.«

»Tunen?« Buddy kratzt sich am Hinterkopf und glotzt mich aus ahnungslosen Augen an.

Ich nicke. »So ist es. Guck dir doch diese grauen Betonsteinwände an, ätzend, total ätzend, sag ich nur. Davon bekommt man krassen Augenausschlag!«

Nico wiegt den Kopf hin und her. »Schön sind die wirklich nicht. Aber ganz ehrlich, Tarik, das kann dir doch völlig wumpe sein! Wann treibst du dich denn schon mal am Bahnhof herum? Und vor allem, wann eierst du hier unten durch den hässlichen Tunnel?«

Typisch Nico, immer kann sie nur nützlich denken. Was habe ich davon ... was bringt mir das ... Eben so ’n völlig egoistisches Zeugs. Logo, sie ist halt Einzelkind. Die ticken so. Gucken immer erst mal, was sie persönlich von irgendeiner Sache haben, bevor sie etwas einfach mal machen.

Aber ich bin anders. Ich bin der Mittlere von fünf Kindern. Und außerdem bin ich Künstler. Und zwar einer, der seine Kunst sehr gerne und absolut großzügig teilt. »Es geht ja nicht nur um mein eigenes Wohlergehen«, sage ich also.

»*Wohlergehen*«, lacht Buddy. »Du redest ja schon wie Justus!«

ES WAR EIN FEHLER! Merke dir, Tarik Toprak, künstlerisch komplett Talentfreie und Ahnungslose nimmst du nie wieder zu einer Farbexplosion-Session mit!

»Nun lasst ihn doch erst mal erklären«, mischt sich Sami ein. »Bestimmt ist das nur erst einmal so eine Idee, oder, Tarik?«

Ich verdrehe genervt die Augen. »Genau. Ich mach hier erst groß Lagebesprechung mit euch und komme morgen im Hellen noch mal wieder!«

Das geht mir alles total auf den Pinsel. Die palavern hier, während mir die Zeit davonrennt. Wenn ich jetzt nicht endlich anfange, strömen gleich die nächsten Fahrgäste runter in den Tunnel, und dann kann ich das Ganze eh knicken. Also greife ich in meinen Rucksack, der randvoll mit den besten Spraydosen überhaupt ist, und fische zunächst mal die Grundierungsfarbe heraus.

»Passt einfach auf, dass keiner kommt, ja?«, sage ich noch, dann tauche ich ab. In die Welt der Farben, in die Welt der Spraydosen, in meine Welt.

Megahammerastreincool!

Nico glotzt wie im Apfel-Schorle-Rausch, Buddy bekommt den Mund kaum noch zu und Sami schaut sich besorgt um – aber ich lasse mich nicht beirren. Meine drei Super-Jumper-Freunde motzen und schimpfen. Ich soll gefälligst sooofort aufhören! Wenn uns einer erwischt – auweia –, das gibt riesigen Ärger und so.

Aber mir ist das so was von egal, Leute. Hallo, ich bin gerade dabei, ein Kunstwerk zu erschaffen! Wer weiß, was das in ein paar Jahren wert ist. Die Miefigen von der Stadtverwaltung können froh und gigantisch dankbar sein, dass ich ihnen kostenlos ihre hässlichen Wände gestalte.

»Nico, los, du bewachst die linke Tunnelseite, Buddy, du rennst zur rechten. Wenn einer kommt, dann kriegt ihr einen lauten Hustenanfall.« Sami hat das Kommando übernommen. Hat wohl eingesehen, dass er mich nicht bremsen kann. Mir soll's recht sein – ich muss jetzt den Rücken frei haben, damit ich eins sein kann mit meiner Kunst.

Burner-Burner-Oberburner!

Ich sprühe und sprühe, springe dabei vom rechten Bein auf das linke und wieder zurück, ducke mich, beuge, biege, strecke mich – oh ja, ich tanze regelrecht mit den Spraydosen. Sie wirbeln durch die Luft, verbreiten Helligkeit, Freude, Glücksgefühle.

Endscharfes Gefühl! Niemals möchte ich wieder damit aufhören.

Doch dann schallt vom rechten Tunneleingang ein krächzendes Geräusch zu mir herüber. Als Nächstes düst Sami aufgeregt um mich herum und wirft meine Spraydosen in den Rucksack.

»Da kommt jemand, Tarik! Hör auf, verdammt, wir müssen weg.«

»Ich bin noch nicht fertig«, maule ich zurück. Der spinnt doch wohl. Stört mich mitten in der Arbeit! Geht's noch?

»Tarik, hast du Farbe in die Ohren bekommen? Wir müssen abhauen! SOFOOORT!«

Nein! Ich brauche nur noch einen Moment, einen kurzen Augenblick – noch ist mein Kunstwerk nicht vollendet, noch ...

»Hey, was treibt ihr denn da?« Die Stimme klingt mächtig nach Ärger und verdirbt mir auf einen Schlag die künstlerisch gute Laune.

»Renn, Tarik, renn um dein Leben«, brüllt Sami und düst ab.

Ganz schnell setze ich noch einen gesprühten Punkt über das geschwungene Kunstzeichen, dann kapiere ich, dass es wohl besser ist, das Feld zu räumen. Ein ziemlich bösartig glotzender Kerl kommt direkt auf mich zugewalzt. Mistige Grütze! Wenn mich nicht alles täuscht, dann trägt der tatsächlich eine Uniform, wie die Zugschaffner sie immer anhaben.

Zwei Herzschläge lang bin ich zur Salzsäule erstarrt – und ganz ehrlich, wenn Sami nicht zurückgekommen wäre und mir 'nen deftigen Klaps auf den Hinterkopf verpasst hätte, dann wäre ich plattgewalzt worden.

Kapitel 2

Wie 'ne Flunder auf dem Trockenen

Ich stoße mich von der frisch gesprayten Tunnelwand ab und ergreife die Flucht.

»Bleib gefälligst stehen!«, brüllt es hinter mir.

Klar doch, damit der wutschnaubende Schaffner mir 'nen Knoten in die Ohrläppchen machen kann, oder auf welchem falschen Planeten hockt der Typ gerade herum?!

Vergiss es. Nicht mit mir.

Schon bin ich um die Ecke gedüst und sprinte die Treppen hinauf. Hakenschlagend sause ich durch eine Reisegruppe hindurch, die mir ausgerechnet jetzt mit unzähligen Taschen und Koffern entgegenkommt.

»Hey, Junge, nicht so stürmisch«, motzt mich eine junge blonde Frau an, die ich beinah umgerannt hätte.

»'tschuldigung«, murmele ich und renne weiter.

Ich nächsten Moment lege ich mich fast auf die Klappe, weil mein linker Fuß an einem Koffer hängen bleibt. In allerletzter Sekunde gelingt es mir, das Gleichgewicht zu halten. Doch die Torkelaktion hat mich Zeit gekostet. Und meinen kostbaren Vorsprung. Hinter mir höre ich es keuchen und ich werfe einen Blick über die Schulter.

»Bleib endlich stehen, Junge! Das hat doch keinen Sinn, wir kriegen dich sowieso!«

Vergiss es, denke ich und gebe noch mehr Gas.

Endlich bin ich oben auf dem Bahnsteig angekommen und habe freie Fahrt. Nun werde ich den Kerl abhängen. Schließlich bin ich jung und schnell und er ist alt und langsam – öhm ... zumindest habe ich das gehofft. Aber bei dem zornigen Kerl scheint es sich in Wirklichkeit um Speedy Gonzales zu handeln, der sich als Schaffner verkleidet hat.

Ich spüre schon seinen keuchenden Atem im Nacken. Die Finger seiner rechten Hand streifen meine Schulter. Mit letzter Kraft schlage ich einen Haken und entkomme um Haaresbreite seiner Pranke.

Alter! Das war knapp!

»Okay«, höre ich ihn japsen. »Renn ruhig weg. Aber früher oder später kriegen wir dich sowieso ...«

Ich blicke mich kurz um.

Der Typ ist stehen geblieben. Er hält sich die Seiten und schnauft wie ein Walross auf dem Trockenen. War wohl nichts mit Speedy Gonzales' Doppelgänger.

Ich schaue wieder nach vorne. Hinten an der Ecke entdecke ich Sami. Von Nico und Buddy jedoch keine Spur. Egal, die sind womöglich direkt nach Hause gerannt – Nico ist garantiert stinkwütend auf mich und Buddy hat wahrscheinlich ordentliches Muffensausen.

Noch einmal drehe ich mich zu meinem Verfolger um. Er ist verschwunden.

Puh, Glück gehabt, denke ich und renne zu Sami rüber.

Doch da pralle ich plötzlich gegen eine Mauer.

Es macht: »RUUUMS!«

Und direkt danach: »AUUUAAA!«

Im nächsten Moment liegt Buddy, flach wie eine Flunder, vor mir auf dem Boden.

Ich rudere mit den Armen und ringe um mein Gleichgewicht. Gleich werde ich auf unser Super-Jumper-Riesenbaby krachen! Doch da krallen sich ein paar dünne Finger in mein T-Shirt und ziehen mich zurück.

Nico!

»Oh-oh, das gibt ’ne ordentliche Beule und ’nen blauen Hintern«, prophezeit sie und beugt sich besorgt zu Buddy runter, der wie ein Käfer am Boden liegt und mit Armen und Beinen in der Luft zappelt.

»Verdammt!«, japse ich.

Buddy rappelt sich langsam auf. Sein Gesicht ist zu einer wütenden Fratze verzogen. Seine Augen durchbohren mich wie glühende Feuerpfeile. So kenne ich ihn gar nicht!

Ich will etwas sagen. Mich entschuldigen. Ihm erklären, dass ich ihn wirklich nicht gesehen habe. Ihn fragen, ob er sich schlimm wehgetan hat. Aber ich habe plötzlich meine Stimme verloren.

»Bist du total bescheuert?«, schnauzt Buddy dafür umso lauter.

Ich weiche einen Schritt zurück. Buddy sieht nämlich echt wütend aus. Fast noch gemeingefährlicher als eben der Schaffnertyp.

»Du-du hättest mich umbringen können!«

Okay, an dieser Stelle sollte ich erwähnen, dass der gute Buddy zwei ziemlich große Leidenschaften hat: Donuts futtern und übertreiben. Echt, keiner kann Geschichten so ausschmücken wie er. Nicht mal ich!

»Das hat Tarik bestimmt nicht mit Absicht gemacht«, sagt Nico. »Also reg dich ab, Buddy.«

»Genau«, sagt Sami, der zu uns gelaufen ist. »Tarik weiß doch, dass er gegen dich chancenlos ist. Und anstatt zu streiten, sollten wir lieber zusehen, dass wir hier wegkommen.«

Okay, eigentlich liegt mir noch ein empörter Spruch auf der Zunge, von wegen »chancenlos«. (Mal ehrlich, lag Buddy gerade eben flach auf dem Boden oder war das 'ne Halluzination?) Aber egal, natürlich hat Sami recht. Wir müssen hier weg – sofort!

Leider hat die Sache 'nen Haken: Unsere Bikes stehen nämlich auf der anderen Seite des Bahnsteiges.

Nico spricht es aus, bevor ich es tun kann: »Schöne Bescherung, wie sollen wir denn bloß ungesehen zum Fahrradständer gelangen? Durch den Tunnel geht nicht, über die Schienen rennen erst recht nicht.«

»Und wer hat uns den ganzen Blödsinn eingebrockt?«, wettert Buddy gleich wieder los. Herrje, herrje, der nimmt mir das Ganze scheinbar richtig übel.

»Buddy, ich hab mich entschuldigt, was soll ich noch tun?«, ranze ich zurück. Genug ist dann aber auch mal genug.

Buddy schnappt nach Luft. »DU hast dich bei MIR entschuldigt?! Komisch, dann habe ich wohl Watte in den Ohren. Davon habe ich nämlich nichts mitbekommen.«

»Jetzt fangt nicht wieder an zu streiten«, schlichtet Sami. Heute scheint er Justus' Job übernommen zu haben. Sonst ist der nämlich unser Super-Jumper-Streitschlichter.

»Ja, echt albern!« Nico funkelt uns verdammt finster an. »Ich hab absolut keinen Bock, mir länger euer albernes Gezanke anzuhören. Ich will jetzt nur noch mein Bike haben und dann nach Hause fahren. Kapito?!«

»Okay«, brummt Buddy und wird schlagartig zum handzahmen Grizzly. Nico hat er einfach nichts entgegenzusetzen. Er ist nämlich heimlich in sie verliebt – Quatsch, total öffentlich, denn jeder von uns weiß es. Nico auch. Es gefällt ihr bloß kein bisschen.

Ich halte jetzt allerdings auch lieber mal die Schnauze. Wenn ich ganz ehrlich bin, dann war es wirklich nicht okay von mir, die drei mitzuschleppen, ohne ihnen vorher was von meiner geplanten Aktion zu erzählen. Aber egal, letztendlich ist ja nichts passiert. Buddy hat maximal 'ne kleine Beule am Hinterkopf und ich musste einen rekordverdächtigen Sprint hinlegen. Alles wieder in Butter!

Kapitel 3

Irrwege durch die Nacht

Zu viert stehen wir am Bahngleis und starren dem abfahrenden Zug hinterher.

»Und du bist dir ganz sicher?«, fragt Sami mich jetzt bestimmt zum siebenunddreißigsten Mal.

Ich nicke. »Noch immer, Sami, noch immer bin ich mir absolut sicher. Der Schaffner, der mir vorhin auf den Fersen war, ist in diesen Zug eingestiegen.«

»Ich denke auch, dass es so ist«, meint Nico. »Schließlich ist der Bahnsteig menschenleer.«

Wie gut, dass wenigstens eine immer in der Lage ist, logisch zu denken. Denn in welches Loch, bitte schön, sollte sich der zornige Schaffnertyp denn wohl verkrochen haben?

»Aber könnte es nicht sein, dass er noch unten im Tunnel ist?«, überlegt Buddy laut. »Und dort auf uns wartet?«

Ich seufze tief. »Mensch, Buddy, na und?! Du hast doch gerade selbst gesagt, dass du mit meiner Farbexplosion nichts zu tun hast – und außerdem: ER IST IN DEN DUSSELIGEN ZUG GESTIEGEN!«

»Farbexplosion?« Sami glotzt mich fragend an.

Ich zucke die Schultern. Eigentlich doch sehr zufrieden mit meinem Werk. Wobei, so richtig fertig und in voller Pracht habe ich es ja noch gar nicht bewundern können. Der nervige Schaffner musste ja unbedingt aufkreuzen und mir diesen ganz besonderen Moment vermiesen.

»Das ist der Name meines Kunstwerkes«, erkläre ich.

Samis Unterlippe zuckt ein wenig, aber er sagt nichts. Sein Glück!

»Justus hat gemeint, die arschteuren Gemälde, die sein Vater sammelt und die in der Villa Steinberg überall an den Wänden hängen, haben alle irgendwelche Namen. *Leuchtende Sonne. Frau in Rot. Die Weite des Kornfeldes.*«

»Und das da unten im Tunnel heißt also *Farbexplosion?*« Nico guckt mich komisch an – als ob sie mich für leicht meschugge hielte.

»So ist es.«

Nico hat schon den Mund aufgeklappt, aber dann wirft sie einen Blick auf ihre knallbunte Armbanduhr und zuckt zusammen. »Verdammt, wisst ihr eigentlich, wie spät es ist? Viertel nach neun. Meine Mutter flippt aus. Ich sollte spätestens um halb neun zu Hause sein.«

»Und ich um acht«, sagt Buddy.

»Dann lasst uns jetzt endlich die Bikes holen und abdüsen«, schlägt Sami vor. »Wir stehen hier eh schon viel zu lange herum.«

JUMPER

Also wagen wir uns runter in den Tunnel. Ich bin ziemlich aufgeregt. Wie es wohl sein wird, mein Kunstwerk gleich noch einmal zu sehen?

Stufe für Stufe werde ich angespannter, komme endlich unten an, biege um die Ecke – und dann, Halleluja, erstrahlt es vor mir an der Wand. Genial, wie es sich abhebt von dem öden Betongrau! Jetzt bin ich mir ganz sicher, es ist ein Kunstwerk, ein echtes Meisterstück geworden.

»Wow, das ist der absolute Megaburner«, schwärme ich.

Doch die anderen haben nicht wirklich ein Auge dafür. Buddy starrt sich die ganze Zeit gehetzt nach allen Seiten um. Nico lässt ihre Armbanduhr nicht aus den Augen, als ob sie dadurch die Zeiger um 'ne Stunde zurückdrehen könnte. Nur Sami hat einen flüchtigen Blick für mein Kunstwerk übrig, nickt kurz und hetzt dann weiter.

»Wie findest du es, Sami?«, will ich wissen.

»Cool, aber nun komm.«

Alter. Ich weiß gar nicht, warum die so einen Stress machen. Zu spät kommen die eh schon und der Schaffner sitzt im Zug nach Irgendwo. Alles paletti, finde ich.

Unsere Bikes stehen artig im Fahrradständer und warten auf uns. Als ob nichts geschehen wäre.

Ich schwinge mich auf mein Future-Bike, das mir unser Superschrauber Kulle aus verdammt vielen alten Schrotträdern zusammengebaut hat, und trete in die Pedale.

Mein erstes verbotenes Kunstwerk – und ich fühle mich ganz genauso, wie es die Typen in diesem coolen Sprayer-Forum geschildert haben: megaaffengenial!

Bei den drei Hochhäusern trennen sich unsere Wege. Buddy und Nico müssen nach links, Sami seit Neustem weiter ins Neubaugebiet. Bis vor Kurzem hat er noch mit seiner Mutter in der Wohnung neben uns gewohnt, weil Samis Vater keinen Unterhalt für die beiden zahlen wollte. Doch nun ist alles wieder geklärt zwischen den Dreien – also nicht, dass die jetzt wieder so 'ne Friede-Freude-Eierkuchen-Familie abgeben, aber Samis Vater kümmert sich jetzt wenigstens vernünftig um sie und hat ihnen auch eine größere Wohnung besorgt. Tja, nun bin ich mal wieder der Einzige, der im Hochhaus-Getto der Stadt klarkommen muss.

»Bis morgen in der Schule dann«, ruft Sami und strampelt davon.

Nico und Buddy verschwinden grußlos.

»See you later, Alligator«, rufe ich ihnen hinterher, aber keiner dreht sich um.

Mist! Je weiter ich mich vom Tunnel entferne, desto tiefer sinkt meine Begeisterung. Auf einmal ist da nicht mehr viel. Nur noch das echt ätzende Gefühl, dass meine drei Freunde extrem sauer auf mich sind. Und das, verdammt, vielleicht gar nicht mal zu Unrecht.

Einen Moment lang stehe ich unentschlossen vor unserer Haustür herum. Aber mein Bike in den muffigen Fahrradkeller zu tragen und dann nach oben in die Wohnung zu schleichen, dazu verspüre ich gerade noch weniger Lust als auf Himbeereis mit Senf.

Kurz vor zehn. Kacke. Ärger gibt es so oder so. Also schwing ich mich wieder auf mein Future-Bike und düse los.

Es dauert keine fünf Minuten, dann habe ich das Neubaugebiet Sonnenkamp erreicht. Ich trete wie wild in die Pedale. Düse durch die Straßen, strampele und strampele, bis ich das letzte Gebäude hinter mir gelassen habe und auf der Landstraße bin, die zur Gärtnerei von Lucs Eltern führt.

Hier ist es wesentlich dunkler als im Wohngebiet, wo an jeder Ecke mindestens eine Straßenlampe steht. Muffe habe ich dennoch nicht. Ich glaube nicht an den bösen Wolf, der im Gebüsch auf mich dürres Kerlchen wartet, um mich mit Haut und Haaren zu verschlingen – oder so. Dafür bin ich eh viel zu knochig.

Der Bungalow, in dem Luc wohnt, befindet sich unterhalb der Gärtnerei. Man muss erst über den Hof, an den Gewächshäusern vorbei und am Laden, dann gelangt man dorthin. Doch das Gatter ist zu. Also muss ich außen herum schleichen. Mist, erst ein Stückchen durchs Gebüsch, dann quer über den Acker. Der Boden ist fies matschig und ich trage meine allerbesten Turnschuhe. Okay, es sind meine einzigen Turnschuhe. Aber ich muss jetzt unbedingt mit jemandem quatschen. Scheiß was auf die versauten Nikes.

Mein Future-Bike lasse ich am Gatter stehen. Um diese Uhrzeit kommt hier eh kein Schwein mehr lang, darum schließe ich es nicht ab.

Das Gebüsch ist dann gar nicht so widerspenstig, wie gedacht. Der Weg hoch zum Chill House ist wesentlich urwaldmäßiger, obwohl wir ständig den Pfad freischneiden. Doch die Ackerpampe pappt mir schon nach wenigen Schritten zentimeterdick unter den Sohlen.

Dann habe ich endlich den Bungalow erreicht. In geduckter Haltung schleiche ich am großen Wohnzimmerfenster vorbei. Lucs Eltern sitzen nebeneinander auf dem Sofa und lesen.

Hammer! Bei uns zu Hause läuft ständig die Glotze, da kommt keiner auf die Idee, ein Buch zu lesen. Halt, stimmt gar nicht, Hylja hat neulich drei richtig fette Exemplare angeschleppt, die ihr irgendeine Freundin geliehen hat. Damit hat sie sich dann in ihr Zimmer verzogen und ist erst wieder rausgekommen, als sie alle drei am Stück durchgelesen hatte. Kein Plan, wovon die handelten, aber Hylja hatte danach einen dermaßen dämlichen Gesichtsausdruck, dass es sich garantiert nur um so eine oberpeinliche Schnulzen-Liebesgeschichte drehen konnte.

In Lucs Zimmer brennt kein Licht mehr. Klaro, morgen früh ist Schule und jetzt ist es schon fast halb elf. Luc ist längst im Schlummerland. Vielleicht besucht er mal wieder Hamburg. Neulich hat er mir erzählt, dass er manchmal noch von seinem alten Leben dort träumt.

Vorsichtig klopfe ich an das bodentiefe Fenster, das zum Glück als einziges nach hinten hinausgeht.

Doch entweder Luc hat sich Watte in die Ohren gestopft oder er ist nicht in seinem Zimmer. Nichts tut sich. Ich klopfe noch etwas fester und noch doller und noch ein bisschen, doch nichts geschieht.

Schöne Kacke. Also habe ich mir ganz umsonst meine guten Nikes eingesaut.

Mein Future-Bike hat sich nicht von der Stelle gerührt. Ich

weiß, dass das Schwachsinn ist, aber ich rechne es ihm hoch an – wenigstens einer, der mich nicht im Stich lässt.

Ich klopfe mir die Schuhe an der Bordsteinkante so gut wie möglich ab, dann schwinge ich mich wieder in den Sattel und düse weiter.

Vielleicht ist Justus noch wach – wenn ich ehrlich bin, dann habe ich eh viel mehr Bock, mit Justus zu quatschen. Er versteht wenigstens was von Kunst. Schließlich sind seine Eltern Kunstsammler und stinkreich. Leider aber auch massig versnobt und deshalb sehen sie es nicht gern, dass Justus einer von uns Super Jumpern ist. Ganz besonders seine affige Kostümchen-Mutter findet, dass wir absolut kein Umgang für ihren Sohn sind. Aber Justus pfeift darauf.

Die Villa Steinberg ist das imposanteste Gebäude unserer Stadt. Man könnte sie schon fast als Schloss bezeichnen, mit den kleinen Türmchen an den Seiten. Davor erstreckt sich über die komplette Frontseite eine riesige Treppe aus grauem Sandstein. Ich war nun schon ein paar Mal hier – natürlich immer nur, wenn Justus sturmfrei hatte –, und dennoch bin ich immer wieder beeindruckt von der Größe, der Höhe und dem Luxus. Alter, die Bude hat achtundzwanzig Zimmer, die von vier Leuten bewohnt werden! Das sind Justus, seine Schwester und seine Eltern. Okay, eine Putzfrau, eine Köchin und einen Gärtner haben die auch noch, aber die wohnen nicht hier in der Villa.

Bei mir zu Hause gibt es drei Zimmer, eine Küche und ein minikleines Badezimmer für sieben Leute. Dafür wohnt keiner höher als wir, nämlich im neunten Stock.

Als ich ankomme, ist die Villa hell erleuchtet. Auf dem gigantischen Vorplatz stehen ziemlich viele Autos. Alles richtig fette Karren, die hundertprozentig Leuten mit mächtig viel Kohle gehören.

Bestimmt geben Justus' Eltern mal wieder ein total verschwenderisches Essen für irgendwelche Geschäftspartner. Das tun die nämlich ständig, sagt Justus und hat sich schon tausend Mal darüber beschwert, dass er und seine Schwester immer daran teilnehmen müssen. Weigern ist zwecklos.

Schöne Pampe, dann hat es wohl auch wenig Sinn, um die Villa zu schleichen und so lange Kieselsteinchen gegen Justus' Fensterscheibe im ersten Stock zu werfen, bis er es hört und sich durch einen der vielen Seitenausgänge zu mir rausschleicht. Mein Kumpel hockt garantiert geschniegelt und gestriegelt, in Anzug und Krawatte, stocksteif an der megagroßen Tafel und kämpft mit aller Gewalt dagegen an, dass sein Kopf vornüber auf die Tischplatte kracht, weil er vor lauter Langeweile eingepennt ist.

Während ich noch überlege, ob ich einfach warten soll, bis die piekfeinen Gäste sich verzischen, tippt mir jemand von hinten auf die Schulter. Erschrocken zucke ich zusammen, fahre herum und starre in Kulles Gesicht.

»Hab ich mich also doch nicht getäuscht«, sagt er. »Tarik, was machst du denn hier?«

Kulle, ach je, Kulle, der beste Schrauber aller Zeiten! Warum bin ich nicht gleich auf die Idee gekommen, zu ihm zu fahren? Wenn mich einer versteht, dann ist es Kulle.

»Kulle, super, dass du gerade vorbeikommst«, sprudelt es

nur so aus mir heraus. »Ich war am Bahnhof und hab was total Verrücktes getan. Ich wollte Nico, Sami und Buddy mitnehmen, quasi als Publikum, und na ja, sie wollten ja auch mit. Okay, sie wussten natürlich nicht, was ich vorhabe, und ich habe es ihnen auch nicht so wirklich gesagt. Auf jeden Fall wurden wir fast erwischt und nun sind die drei ziemlich stinkig auf mich. Erst war mir das noch egal, weil ich so geflasht von meiner Aktion war. Aber jetzt habe ich ein richtig fies schlechtes Gewissen – Nico und Buddy sind meinetwegen auch noch viel zu spät nach Hause gekommen. Du kennst ja Nicos Mutter, die verpasst ihr deshalb womöglich Stubenarrest oder so 'n Unsinn und ...«

»STOPP!«, schneidet Kulle mir das Wort ab. »Ich verstehe nur *Bahnhof*. Und außerdem, Tarik, es ist elf Uhr. Glaubst du nicht, deine Eltern machen sich gerade schreckliche Sorgen, wo du abgeblieben bist?«

»Nö«, sage ich nur. Was nun mal die Wahrheit ist.

Kapitel 4

Ich bin ein Budala!

Am nächsten Morgen komme ich kaum aus dem Bett. Meine Mutter schimpft und zerrt an meiner Decke herum. Wie immer spricht sie türkisch mit mir, weil es ihr wichtig ist, dass ich meine Muttersprache nicht verlerne. Mein Vater sieht das anders, er spricht nie türkisch. Nur wenn Besuch aus der Türkei da ist – Alter, dann wird es immer so richtig eng bei uns, denn natürlich wohnt der Besuch in unserer Wohnung. Die Türken sind schließlich für ihre Gastfreundlichkeit bekannt.

Ich bin in Deutschland geboren, so wie meine zwei älteren Schwestern und natürlich auch meine beiden jüngeren Brüder. Darum halte ich das mit dem Türkischsprechen auch eigentlich für total überflüssig. Schließlich will ich später nicht in die Türkei übersiedeln oder so.

Wie auch immer, gestern Abend ist es spät geworden, denn Kulle hat mich noch mit in seine Schrauberhütte genommen, nachdem ich mich geweigert habe, auf der Stelle nach Hause zu fahren.

Okay, ich musste ihm erst mit nächtlichem Sitzstreik drohen. Jedenfalls hat er gesagt, dass ich mich heute als Allererstes so richtig feierlich und ernsthaft bei Nico, Sami und Buddy entschuldigen soll.

»Und was deine Sprayeraktion betrifft, Tarik«, hat er abschließend mit sehr eigenartigem Gesichtsausdruck gemeint, »so weiß ich echt nicht, ob es eine gute Idee war, dein Talent der restlichen Welt ausgerechnet im Bahnhofstunnel zu demonstrieren.«

»Und warum nicht?«

»Schon mal was von Überwachungskameras gehört?«

WAAAAS?!

Danach bin ich mit zitternden Knien nach Hause gefahren, habe mich unbemerkt in mein Zimmer geschlichen und mich den Rest der Nacht ruhelos im Bett hin und her gewälzt.

Überwachungskameras – warum hab ich bloß nicht daran gedacht? Aber vielleicht waren die gar nicht an? Oder Kulle hat sich getäuscht?! Aber selbst wenn die mich gefilmt haben, wissen die ja längst nicht, wie ich heiße und wo ich wohne.

Ende im Gelände! Schluss! Aus und basta!

»Tarik, jetzt reicht es, hör gefälligst, wenn *anne*[1] ruft.« Nun ist auch mein Vater in mein Zimmer gestürmt und starrt mich vorwurfsvoll an. »Deine Brüder sind längst unterwegs zur Schule und du liegst noch immer faul im Bett herum.«

[1] Das ist Türkisch und heißt »Mutter«.

»Aber-aber, *baba*[2], warum denn? Es ist doch noch mitten in der Nacht«, beschwere ich mich.

»Mitten in der Nacht? Sag mal, geht es dir nicht gut?«

Genau, das ist es, ich bin krank! Gute Idee. Könnte glatt von mir stammen.

Stöhnend fasse ich mir an die Stirn. »So ist es, *baba,* mir tut alles weh. Ich glaub, ich habe sogar Fieber.«

Erschrocken weicht mein Vater einen Schritt von meinem Bett zurück. Wenn er sich vor irgendetwas fürchtet, dann davor, dass er sich anstecken könnte und deshalb nicht zur Arbeit gehen kann. Mein Vater ist nämlich megastolz darauf, dass er in den letzten zehn Jahren dem VW-Werk nicht einen einzigen Tag wegen Krankheit ferngeblieben ist.

---

[2] Türkisch für »Vater«.

Ja, meinem *baba* sind Werte und Gesetze wirklich sehr, sehr wichtig.

»Hylja, schnell, bring deinem Bruder Tee und mach ihm kalte Wadenwickel«, ruft er meiner großen Schwester zu.

»Aber, *baba*«, beschwert die sich prompt, »ich muss doch zur Arbeit. Kann *anne* sich nicht um ihn kümmern?!«

Flehend guckt mein Vater meine Mutter an. Doch die verschränkt nur die Arme vor der Brust und schüttelt den Kopf.

»Meşgulüm[3]*!«*, sagt sie und rauscht aus dem Zimmer.

Die beiden haben sich nämlich vor ein paar Tagen wegen irgendetwas böse gestritten und mein Vater hat sich noch nicht bei ihr entschuldigt.

Tja, meine Mutter ist eine sehr stolze Frau und hat feste Prinzipien, solange er nicht um Verzeihung bittet, redet sie kein Wort mit ihm.

Gerade als mein Vater ansetzt, etwas zu erwidern, klingelt es an der Wohnungstür.

Hylja nutzt die Chance und zischt ab. »Ich mache auf und bin dann auch gleich weg. *Görüşürüz*[4]*!*«

Doch sie scheint es sich anders überlegt zu haben, denn keine fünf Sekunden später steht sie wieder in der Zimmertür und sagt mit ziemlich besorgter Stimme: »*Baba*, kommst du bitte mal?«

»Was gibt es denn?«, motzt mein Vater. Langsam platzt ihm der Kragen, ich sehe es ihm genau an. Mein Vater mag es nicht kompliziert. Schon mal gar nicht, wenn er gerade von der Nachtschicht nach Hause gekommen ist und eigentlich nur noch ins Bett will.

---

[3] Ich bin beschäftigt!

[4] Tschüss!

Doch Hylja bleibt dabei. »Es ist sehr dringend!«

Mein Vater schüttelt empört den Kopf, da schallt ein Klageton vom Flur zu uns herüber. *»Aman Allahım, polis*[5]*!«*, jammert meine Mutter.

Ich zucke im Bett zusammen, als ob jemand mein Laken unter Strom gesetzt hätte. Gedanklich schicke ich ein flehendes Gebet Richtung Himmel, dass die Polizei bitte nicht meinetwegen um kurz vor acht Uhr morgens vor unserer Wohnungstür steht.

Bitte! Bloß nicht!

Mein Vater flitzt aus dem Zimmer. Ich bleibe zurück. Mein Herz trommelt wie bescheuert, meine Stirn glüht – ja, jetzt habe ich tatsächlich Fieber. Locker 42 Grad oder so. Vielleicht sollte ich einen Fieberkrampf vortäuschen?!

Dann steht mein Vater wieder in der Tür und sagt mit tonloser Stimme: »Tarik, steh auf und komm ins Wohnzimmer. Du hast Besuch!«

»Besuch?«, röchele ich.

Vielleicht hat meine Mutter mal wieder was durcheinandergebracht, hoffe ich. Oder Luc und Justus haben sich einen Scherz erlaubt und sich in eine Polizeiuniform gequetscht?

BLÖDSINN! Das ist der totale und absolute Blödsinn, Tarik Toprak, und das weißt du auch, keift mir eine gehässige innere Stimme ins Ohr.

»Tarik«, knurrt mein Vater. »Beweg dich!«

Drei Minuten später stehe ich im Wohnzimmer zwei Polizisten gegenüber.

---

5 Oh mein Gott, Polizei!

»Du bist also Tarik?«, sagt der eine Uniformierte, der mir ein kleines bisschen freundlicher vorkommt als der andere. Womöglich weil er nicht ganz so angefressen aus der Wäsche glotzt wie sein Kollege.

Ich nicke. Leugnen ist wohl zwecklos.

»Wo warst du gestern Abend zwischen 19:30 und 20:30 Uhr?«

Aha, die wissen gar nichts. Wahrscheinlich sind die überhaupt nicht wegen meines Sprayerkunstwerkes hier, sondern gehen wegen einer allgemeinen Routinefrage von Tür zu Tür. Wann gehen fast dreizehnjährige Jungs an einem stinknormalen Donnerstagabend ins Bett, zum Beispiel.

Also, aufgepasst, Junge, und jetzt bloß keinen falschen Fehler machen!

»Um diese Uhrzeit liege ich eigentlich immer im Bett und lese noch ein bisschen«, sage ich.

Okay, das war vielleicht etwas übertrieben. Wenn die jetzt nämlich auf die Idee kommen, in mein Zimmer zu traben, werden sie dort nicht ein einziges Buch vorfinden. Verdammte Pampe, bin ich blöd!

»Also, bis vor Kurzem war das so«, füge ich deshalb schnell noch hinzu. »Aber gerade gestern habe ich alle ausgeliehenen Bücher zurück in die Schulbibliothek gebracht.«

»Seit wann liest du denn, Tarik?« Das war Hylja. Blöde Kuh!

»Musst du nicht zur Arbeit?!«, erinnere ich sie.

»Schluss jetzt mit dem Unsinn«, blafft mein Vater mich an. Dann wendet er sich an Hylja. »Und du gehst jetzt gefälligst zur Arbeit!«

In der Zwischenzeit hat der grimmig guckende Polizist etwas aus seiner Uniformjackentasche hervorgezogen und hält es mir direkt unter die Nase.

»Kommt dir der Junge auf dem Foto bekannt vor?«

Ich kneife die Lippen fest zusammen und schüttele den Kopf. Blöde Kacke, das ist Buddy. Unten im Bahnhofstunnel. Eindeutig.

»Und dieser hier?« Er hält mir das nächste Foto hin. Es zeigt Sami und ist ebenfalls im Bahnhofstunnel gemacht worden.

»Ich weiß nicht«, murmele ich. »Die Aufnahme ist ziemlich schlecht. Das könnte irgendwie jeder sein.«

Gute Strategie, denke ich. Und da meine Eltern die Super Jumper nur flüchtig kennen, geht von dieser Seite auch keine wirkliche Gefahr aus. Ähm ... obwohl ... Sami hat eine Weile in der Wohnung direkt neben uns gewohnt. Mist!

»Aha«, sagt der grimmige Polizist, »dann ist dir dieses Mädchen bestimmt auch total fremd.«

Eindeutig Nico und buchstäblich verdammt gut getroffen.

MIST!

»Ich weiß nicht, ich weiß nicht«, nuschele ich und schüttele den Kopf. »Irgendein Mädchen, würde ich jetzt erst mal so sagen.«

»Aha«, macht der Grimmige erneut. »Dann ist es wohl auch reiner Zufall, dass die drei sich zeitgleich mit dir im Bahnhofstunnel aufgehalten haben?! Oder willst du uns jetzt auch noch weismachen, dass du diesen Jungen hier ebenfalls nicht kennst?«

Er schiebt mir ein viertes Foto unter die Nase. Ich bin darauf ebenso gut getroffen wie Nico. Leider halte ich zusätzlich noch eine Spraydose in der Hand und grinse breit.

So eine Kacke!

Mein Vater reißt dem Polizisten das Foto regelrecht aus den Händen. Wie blöd tippt er mit dem Zeigefinger darauf herum.

»Das-das bist du, Tarik! Das bist tatsächlich du!«, krächzt er, während meine Mutter wie unter großen Schmerzen stöhnend aufs Sofa sinkt und sich die Hände vors Gesicht schlägt.

»Budala[6]! Budala!«, jammert sie.

[6] Blödian!

Ich weiß nicht, ob sie meinen Vater oder mich damit meint. Aber das ist eigentlich auch egal, weil sie nämlich recht hat. So oder so. Wer sich beim Sprayen fotografieren lässt, ist ein BUDALA. Wer seinen eigenen Sohn verpetzt, aber auch, finde ich.

»Also, was ist nun, Tarik, erklärst du uns, was du gestern Abend mit einer Spraydose in der Hand unten im Bahnhofstunnel verloren hattest? Oder sollen wir es dir sagen?«

»Allah esirgesin[7]*! Allah esirgesin!«*, betet meine Mutter.

Ich sehe ein, dass es aussichtlos ist, sich länger dumm zu stellen.

»Ja, ich gebe es zu«, krächze ich. Mein Kopf ist so schwer, dass ich ihn kaum aufrecht halten kann. Deshalb starre ich auf meine nackten Füße. »Aber-aber ich-ich wollte doch nur die hässlichen grauen Wände verschönern.«

Der Polizist, von dem ich bisher angenommen habe, dass er okay ist, räuspert sich und sagt: »Na ja, ob diese Schmiererei, die du da verzapft hast, nun unbedingt schöner ist, das ist zu bezweifeln.«

Hallo? Hat der ’nen Knall?!

»Das ist Kunst. Farbexplosion!«, ranze ich den Polizisten an.

Im nächsten Moment explodiert noch etwas – und zwar die flache Hand meines Vaters auf meiner linken Wange.

Schöne Pampe!

---

7 Gott schütze uns!

Kapitel 5

Schlimmer geht's leider immer

Wenn ich dachte, die Ohrfeige wäre so ziemlich das Schlimmste, was mir bisher in meinem Leben widerfahren ist, dann habe ich mich getäuscht. Viel, viel schlimmer sind die Blicke von Buddy, Nico und Sami. Sie sitzen mit ihren Eltern im Polizeirevier auf dem Gang vor dem Zimmer, aus dem ich gerade mit meinem Vater komme.

»Leute, ihr müsst mir glauben, ich habe gesagt, dass ihr nichts damit zu tun habt ... Wirklich!«

»Und warum mussten wir dann hierherkommen?«, fragt Samis Mutter. Ihre Wangen sind so rot wie Feuerbälle, ihre Augen zwei schmale Schlitze.

Ich zucke die Achseln. »Ich weiß es ni...«

Mitten im Wort zerrt mein Vater mich am Arm weiter. »Sei still, Tarik, hörst du, der Polizist hat gesagt, du darfst nicht mit deinen Komplizen reden.«

»Komplizen?« Buddys Mutter schießt wie ein Flitzebogen in die Höhe. »Was reden Sie denn da? Mein Sohn ist bestimmt kein *Komplize*. Mein Sohn hat nämlich mit dem ganzen Unfug überhaupt nichts zu tun!«

Mein Vater zieht mich weiter, bevor ich ihr zustimmen kann, denn schließlich hat sie recht: Buddy, Nico und Sami haben mit meiner Aktion nichts zu tun!

Das habe ich ja eben auch schon dem Polizisten gesagt. Doch irgendwie wollte er es mir nicht abkaufen.

Draußen vorm Polizeirevier geht mein Vater dann ab wie ein Zäpfchen. Er schimpft und tobt, er flucht und donnert. Zum Glück auf Türkisch, sodass die ziemlich neugierig guckenden Leute, die auf dem Bürgersteig an uns vorbeigehen, nicht verstehen, welche Nettigkeiten er mir gerade an den Kopf pfeffert. Ich sag nur: *BUDALA* ist noch das Harmloseste.

Ich sehe ein, dass es sinnlos ist, irgendetwas zu erwidern. Also stehe ich mit gesenktem Kopf vor ihm und nicke hin und wieder ergeben. *Ja, baba, du hast recht, ich habe furchtbare Schande über meine Familie gebracht.*

Irgendwann geht meinem Vater die Luft aus. Er presst sich die Hände in die Seiten, schüttelt abschließend mit einem Blick der Sorte *allerübelste Verachtung* den Kopf und stapft Richtung Parkplatz davon.

Ich latsche ihm hinterher. Obwohl ich viel lieber zurück zu meinen drei Freunden laufen würde, um mich bei ihnen zu entschuldigen.

Konnte ich denn ahnen, dass meine geniale Farbexplosion-Session per Überwachungskameras festgehalten würde?

Dass man daraus vier Fotos filtern könnte, auf denen meine Freunde und ich haargenau zu erkennen sind? Und, nun kommt der oberkrasseste Zufall: dass einer der Polizisten mit einer Lehrerin verheiratet ist, die – jetzt mal alle festhalten! – ausgerechnet MEINE Klassenlehrerin ist?

No! No! NO!!!

Aber ganz ehrlich, darf ein Polizist eigentlich vor Unterrichtsbeginn in die Schule fahren und seine Frau fragen, ob sie zufällig eines der Kinder auf den Fotos kennt? Woraufhin die dann prompt sagt: »Ja, klar doch, den hier! Das ist Tarik Toprak. Der wohnt in der Friedrichstraße 8, in einem der Hochhäuser!«

Das ist doch wohl privat?! So etwas ist wirklich und absolut UNMÖGLICH! Eine Frechheit, jawohl, 'ne totale Frechheit. Doch dass die mich dermaßen überrumpelt haben, sodass ich vor Schreck auch die Namen und Adressen der drei anderen ausgespuckt habe, ist das Allerallerfieseste überhaupt, finde ich.

Zwei Minuten später sitzen wir in *babas* Auto. Ich hab mich lieber auf die Rückbank verzogen. Aus dieser Position starre ich mit klopfendem Herzen auf seinen Hinterkopf und wage kaum zu atmen.

»Ich bringe dich jetzt zur Schule, Tarik, und nach Unterrichtsschluss kommst du auf direktem Weg nach Hause. Ist das klar?!«

Ich nicke – was er natürlich nur sehen kann, wenn er in den Rückspiegel blickt.

Doch genau das tut er nicht und knurrt deshalb: »Ich habe dich was gefragt! Also antworte gefälligst!«

»Ja, *baba*«, krächze ich.

»Und wag es nicht zu trödeln. Ich sage *anne*, dass sie ganz genau aufpassen soll, wann du nach Hause kommst.«

»Ja, *baba*«, wiederhole ich.

»Und wegen der Kosten, die für die Reinigung der Tunnelwände von der Stadt auf uns zukommen, ist dir ja wohl klar, dass du auf absehbare Zeit keinen Cent Taschengeld mehr bekommst?!«

»Ja, *baba*«, sage ich ein drittes Mal.

»Darüber hinaus kannst du dir mal Gedanken machen, was du sonst noch dazu beitragen kannst. Du könntest zum Beispiel dein Rad verkaufen.«

Nicht einmal die Ohrfeige vorhin hat mich so zusammenzucken lassen wie jetzt dieser Satz.

Nein! Niemals!

»Nein, *baba*«, bitte ich und dann fällt mir zum Glück noch etwas ein. »Das Rad gehört mir nämlich gar nicht. Kulle hat es zusammengeschraubt und lässt mich nur damit fahren.« Naja, ganz so ist es nicht. Aber das muss ich meinem Vater ja nicht auf die Nase binden.

»Soso«, brummt er, nicht gerade überzeugt. »Dann lass dir gefälligst etwas anderes einfallen. Du kannst heilfroh sein, dass du noch nicht strafmündig bist und mit juristischen Konsequenzen zu rechnen hast!«

So wie die Stimme meines Vaters klingt, ist *er* allerdings kein bisschen *froh* darüber. Offenbar würde er mich liebend gern wochenlang irgendwo Laub harken und Müll aufsammeln sehen oder so was Ähnliches.

»Außerdem solltest du dir noch mal ganz genau überlegen, ob du wirklich der Einzige warst, der die Wand beschmiert hat, oder ob nicht doch einer deiner Freunde mitgemacht hat?«

Ich starre auf den Hinterkopf meines Vaters und koche vor Wut. Am liebsten würde ich ihm ins Gesicht springen.

Von wegen Geschmiere. Wie fies ist das denn?

Wenn meine Eltern mich und meine Kunst nur ein bisschen ernster nehmen würden, dann müsste ich nicht öde Betonwände damit verschönern!

Ich hole tief Luft. »Das ist Kunst, *baba*, kein Geschmiere.« Langsam dreht mein Vater sich zu mir herum. Er sieht mich an, als würden mir plötzlich zwei grüne Shrek-Ohren wachsen.

»Kunst?« Er schüttelt den Kopf und gibt ein genervtes Knurren von sich. Dann blickt er einfach wieder stur nach vorne.

»*BABA!*«, fauche ich. »Hast du gehört?! Ich bin talentiert, ich bin ein Künstler. Nur ihr wollt das einfach nicht wahrhaben. Meine Kunstlehrerin hat sogar gesagt, ich müsste gefördert werden, und Justus, der meint ...«

Mein Vater lacht kurz auf, dann dreht er sich wieder zu mir um. »So ein Blödsinn. Wer fremde Wände beschmiert, der ist kein Künstler, sondern ein Vandale!«

Ich starre ihn finster an. Wenn Blicke töten könnten, dann wäre dieses Auto jetzt fahrerlos. Doch mein Vater fällt weder seitlich vom Sitz noch gleiten seine Hände leblos vom Lenkrad. Stattdessen blickt er wieder durch die Windschutzscheibe nach vorne auf die Straße und lacht sogar noch etwas lauter.

Ich presse mir die Hände auf die Ohren und hefte meinen Blick fest auf einen kleinen blauen Schnipsel, der hinten am Beifahrersitz baumelt.

Als mein Vater endlich wenige Meter vor dem Haupteingang der Schule den Wagen anhält, drücke ich sofort die Tür auf und springe aus dem Auto. Ich renne zur Eingangstür, begleitet von den Rufen meines Vaters. »Und vergiss nicht, was ich dir gesagt habe: Nach Schulschluss kommst du auf direktem Wege nach Hause und verlässt die Wohnung nicht mehr!«

Du kannst mich mal, denke ich, und wie!

Meine Klassenlehrerin empfängt mich mit vorwurfsvollem Blick.

»Tarik, Tarik, dir hätte ich ja am allerwenigsten von allen so etwas zugetraut.«

Ich erspare mir irgendeinen Kommentar und schleiche zu meinem Platz.

Der Rest des Schulvormittags zieht bedeutungslos an mir vorbei. Zu meinem Glück in dem ganzen Unglück fallen die letzten beiden Stunden aus.

Im Renngalopp verlasse ich das Gebäude der Oberschule und sprinte rüber ins Gymnasium, das nur wenige Meter entfernt liegt.

Dort ist jetzt gerade große Pause, und ich hoffe inständig, dass ich die anderen antreffe. Oder wenigstens Justus und Luc – Buddy, Nico und Sami mussten womöglich nach dem Polizeibesuch gar nicht mehr in die Schule, überlege ich, während ich fieberhaft den Schulhof und die angrenzende Grünfläche nach den Super Jumpern absuche.

Damit bin ich so beschäftigt, dass ich Luc erst bemerke, als er mich an der Schulter berührt. »Hey, Tarik, was machst du denn hier?«, fragt er und ich zucke wie wild zusammen.

»Mensch, Luc!«, stöhne ich erleichtert, als ich ihn erkenne. »Wo sind die anderen? Hast du Buddy, Nico oder Sami gesehen?«

»Nico kam mir vorhin auf dem Gang entgegen«, antwortet Luc. »Die anderen beiden habe ich nicht gesehen. Aber wir hatten auch bis eben Schwimmen. Warum fragst du? Und weshalb siehst du so ... ähm ... na ja, durchgeknallt aus? Ist die Ameisenarmee hinter dir her?«

»Du-du weißt es also noch gar nicht?«

Luc zieht die Augenbrauen hoch und glotzt mich verständnislos an. »Nö, was denn?«

Ich atme tief durch. »Luc, kannst du mir bitte einen Gefallen tun?«, rede ich beschwörend auf ihn ein.

Luc grinst. »Hey, hey, du machst es aber spannend. Hast du etwa 'ne Bank überfallen? Oder 'nem Baby den Schnuller geklaut?«

Ich schüttele wild den Kopf. Horror, kann der nicht mal ernst sein?! In diesem Moment klingelt es zur nächsten Stunde – und ich gerate in Panik.

»Ich erkläre es dir später. Du musst unbedingt dafür sorgen, dass alle Super Jumper direkt nach der sechsten Stunde oben im Chill House aufkreuzen. Hörst du, Luc, das ist wichtig. Lebenswichtig sogar!«

Ich sehe Luc an, dass er noch tausend Fragen hat, doch er nickt nur und verspricht: »Okay, wir werden da sein!«

Kapitel 6

Eine zweite Chance?

Ich sitze oben im Chill House und habe mir vor Aufregung sämtliche Fingernägel abgekaut.

Warum taucht bloß keiner von den Super Jumpern hier auf? Die Schule ist längst aus – und mein Vater wird zu Hause vor Ärger im Karree springen. Aber das ist mir egal. Ich muss mit den anderen sprechen. Ich muss erfahren, ob ich noch einer von ihnen bin oder ob Buddy, Nico und Sami so stinkig auf mich sind, dass sie mich nicht mehr dabeihaben wollen.

»Hey, Justus, kannst du vielleicht mal ein bisschen Gas geben? Jede Schnecke ist schneller als du«, ertönt plötzlich Nicos Stimme, und ich springe wie elektrisiert von einem der knallbunten Sitzkissen auf, die uns Samis Vater mit all den anderen coolen Möbeln spendiert hat, nachdem er das Chill House von seinen Handwerkern wieder aufbauen lassen hat.

Mit pochendem Herzen reiße ich die Holztür auf und stehe direkt Auge in Auge mit Sami.

»Hi, Tarik«, sagt er nur und schiebt sich an mir vorbei ins Innere des Chill House.

Er flegelt sich auf seinen Lieblingsplatz direkt unter dem kleinen Fenster und guckt mich fragend an.

»Bist du zu ’ner Salzsäule erstarrt oder warum stehst du da so herum?«

»Genau, mach mal Platz da«, stimmt Nico ihm zu und schiebt mich unsanft zur Seite. »Heute scheint der Tag der Lahmen zu sein. Erst habe ich ewig auf Buddy gewartet, und dann hat Justus Jahre gebraucht, um sein Bike hier hochzuschieben.«

Sie setzt sich neben Sami und schüttelt den Kopf.

»Hallo?«, motzt Buddy und rauscht mit einer riesigen Bäckertüte in den Händen ebenfalls an mir vorbei. »Beschwer dich gefälligst nicht, Nico. Schließlich bin ich noch in die Bäckerei zu meinem Onkel gefahren und habe für uns alle Lecker-Schmecker-Donuts geholt.«

Nico lacht. »Von wegen für uns«, spottet sie. »Du bist doch derjenige, der sich von nichts anderem ernährt.«

Buddy verzieht beleidigt das Gesicht und Justus schlichtet mal wieder. »Könnt ihr wohl mal mit der albernen Streiterei aufhören?!« Er klopft mir im Vorbeigehen zur Begrüßung auf den Rücken.

»Also, ich find’s voll okay von Buddy, dass er sich zehn und uns jeweils einen Donut mitgebracht hat«, kichert Luc und schmeißt sich mit Anlauf neben Nico aufs Sitzkissen.

»Wenn ihr so weitermacht, dann bekommt ihr gar nichts ab«, droht Buddy und beißt dann selig grinsend in einen Schokodonut.

Ich starre von einem zum anderen und kann es nicht fassen: Wie immer – sie benehmen sich wie immer!

»Seid ihr denn gar nicht stinksauer auf mich?«, frage ich unsicher.

Luc zuckt die Schultern. »Also ich nicht. Warum sollte ich?«

»Ich auch nicht«, sagt Justus.

»Meine Mutter, oh ja, die ist sauer auf dich, Tarik. Und wie ...«, erklärt Sami und rollt vielsagend mit den Augen.

»Meine Mutter auch«, erklärt Buddy mampfend, »aber in erster Linie auf deinen Vater, weil der von *Komplizen* und so gelabert hat.«

»Meine Eltern fanden es eher unverschämt von der Polizei, dass wir um neun Uhr morgens aufs Polizeirevier mussten. Als ob wir Schwerverbrecher wären. Dabei haben wir doch nur die Wände in dem ätzenden Tunnel ein bisschen verschönert.« Nico zwinkert mir verschwörerisch zu.

»Wir?«, krächze ich.

Nico, Sami, Buddy, Luc und Justus nicken synchron.

»Aber-aber«, stammele ich mir einen ab, »ich-ich war das doch! Ihr habt doch überhaupt nichts damit zu tun, Luc und Justus waren nicht einmal dabei.«

»Was redest du denn bloß für einen Schwachsinn, Tarik?«, blafft Nico mich an. »Willst wohl mal wieder alleine als der Superkünstler dastehen, oder was?!«

Jetzt verstehe ich wirklich nur noch Bahnhof.

»Hä?«, mache ich deshalb.

Justus kommt auf mich zu und legt mir die Hand auf die Schulter, als ob er mich zum Ritter schlagen wollte oder so was Ähnliches. »Tarik, wir sind die Super Jumper«, sagt er. »Und egal was auch passiert, wir halten zusammen.«

Er dreht sich zu den anderen um. »Haben wir uns das geschworen?«

»Das haben wir geschworen!«, rufen die anderen gleichzeitig.

Auch wenn ich gerade mega-unfassbar-gigantisch-erleichtert bin, kommt mir Justus' Verhalten schon etwas komisch vor – so pathetisch bin sonst doch nur ich! Justus' Getue finde ich ein bisschen übertrieben. Fast so, als ob er selbst in der Klemme steckte und uns allen klarmachen will, dass wir jetzt unbedingt zusammenhalten müssen. Komme, was wolle – die Super Jumper kämpfen Seite an Seite!

Aber sagen tue ich nichts, denn es könnte sein, dass ich am Ende wie ein kleines Windelkackerbaby zu heulen anfange, weil ich echt gerührt bin.

Blöde Pampe!

Doch der Moment ist schnell wieder vorüber, denn Justus hat tatsächlich etwas, das ihm selbst gewaltig unter den Nägeln brennt.

»Wir haben leider gerade noch ein weiteres Problem«, erklärt er und holt erst mal sehr, sehr tief Luft. Dann lässt er die Bombe platzen: »Hendrik und seine dusseligen Konsorten haben uns den Bandenkrieg erklärt!«

WIR HALTEN ZUSAMMEN!

»Wie bitte?«, ruft Nico. »Spinnt der?!«

»Was?«, krächzt Sami. »Wie denn? Ich meine, inwiefern? Und Bandenkrieg, das klingt irgendwie voll ... albern.«

»*Bandenkrieg*? Der hat doch nicht mal 'ne Bande, dieser Hohlkopf«, meint auch Luc und grinst dabei verächtlich.

»Doch, doch«, erklärt Buddy im ultrabesorgten Buddy-Brumm-Tonfall. Schließlich hatte es Hendrik bisher in erster Linie auf Buddy abgesehen. Aber wer gegen Buddy ist, der hat auch die restlichen Super Jumper zum Feind. Außerdem haben wir Hendrik und seine beiden Flachpfeifen nach wie vor im Verdacht, dass sie es waren, die unser astreines Chill House damals zerstört haben. Nur leider konnten wir es ihnen bis heute nicht beweisen.

»Die hängen jetzt immer zu viert zusammen bei den Garagen in der Mönckebergstraße ab«, berichtet Buddy.

Justus nickt. »So ist es. Dort habe ich die gestern Nachmittag blöderweise auch getroffen. Ich musste zum Geigenunterricht und war spät dran. Also habe ich die Abkürzung durch die Mönckebergstraße genommen und bin prompt auf Hendrik gestoßen. Er stand wie der selbst ernannte Herrscher des Universums plötzlich vor meinem Bike, und ehe ich mich's versah, hatten sich drei andere Hirnis um mich herum aufgebaut.«

»Schöne Kacke«, knurrt Nico. »Wer ist der Vierte? Kennst du ihn?«

Justus schüttelt den Kopf. »Hendrik hat ihn Jojo genannt. So 'n ziemlich großer Typ mit breiten Schultern. Der ist bestimmt schon vierzehn oder vielleicht sogar noch älter.«

»Ich weiß, wer das ist«, sage ich. »Der ist erst seit Kurzem auf der Schiller-Oberschule. Eigentlich müsste der schon in der neunten Klasse sein, hat aber wohl locker zwei Mal 'ne Ehrenrunde gedreht, hab ich gehört. Angeblich ist seine Familie seinetwegen hierhergezogen, weil er an seinem alten Wohnort und in der Schule nur Mist verzapft hat.«

Gequält verzieht Justus das Gesicht. Ich habe ihn selten so besorgt gesehen. »Das passt. Der war nämlich ziemlich mies drauf. Fast noch schlimmer als Hendrik selbst.«

»Das mag ja alles sein, Justus«, wirft Luc nun ein. Im Gegensatz zu Justus sieht er noch immer null besorgt aus. Womöglich, weil er in Hamburg ständig mit solchen Typen wie Hendrik und diesem Jojo zu tun gehabt hat. »Aber muss uns das ernsthaft interessieren? Ich meine, lass ihn uns doch den albernen Bandenkrieg erklären! Wenn wir nicht mitmachen, kann er ja gegen sich selbst antreten. Wo ist also das Problem?«

Justus kräuselt seine Stirn wie zerknittertes Papier. »Sie haben mir meine Violine abgenommen!«, murmelt er.

Für einen Moment schweigen wir betroffen.

»Na und?«, ruft Nico dann und schenkt Justus ein aufbauendes Lächeln. »Die konntest du doch eh nicht ausstehen!«

»Genau«, fügt Buddy hinzu. »Sei doch froh, jetzt musst du wenigstens nicht mehr zu dem blöden Geigenunterricht eiern. Da wolltest du doch längst nicht mehr hin.«

Falls Nico und Buddy Justus damit trösten wollten, so ist das gewaltig nach hinten losgegangen. Er guckt jetzt nämlich noch einen Zacken betrübter aus der Wäsche. »Leute,

das ist kein Spaß. Die Hohlbirnen haben mir die Violine *meines Vaters* abgenommen. Bei meiner Geige sind kurz vorher zwei Saiten gerissen, und weil ich eh schon so spät dran war und Herr Beutelknecht-Stübe sich immer so fies aufregt, wenn man auch nur drei Sekunden zu spät kommt, habe ich mir in meiner Hektik die meines Vaters *ausgeliehen*. Natürlich, ohne dass er davon wusste. Er ist gerade auf einer längeren Geschäftsreise und hätte normalerweise davon gar nichts mitgekriegt.«

»Okay, das ist doof«, lenkt Nico ein. »Aber dann musst du es ihm halt sagen, wenn er wieder zurückkommt. Er kann das Ganze doch bestimmt mit Hendriks Vater klären. Der arbeitet doch bei euch, oder?«

Justus nickt. Dann schüttelt er den Kopf. »Ihr versteht meine Lage nicht richtig. Mein Vater darf auf gar keinen Fall etwas davon erfahren. Niemals! Der schickt mich glatt aufs Internat, wenn er rauskriegt, dass ich die *Cobetti* genommen habe.«

Oh no! Justus hat mein volles Mitgefühl, schließlich wartet auch auf mich zu Hause gerade ein Vater, der bestimmt vor Wut wie Rumpelstilzchen durch die Wohnung hüpft, weil ich mich nicht an seinen *Befehl* gehalten habe.

»Aber wegen einer Geige wird dein Vater dich doch bestimmt nicht gleich aufs Internat schicken«, meint Sami.

»War die denn sehr teuer?«, fragt Buddy.

Justus zuckt die Schultern. »Na ja, zusammen mit dem Ina-Keller-Barockbogen aus Schlangenholz ist sie rund 15.000 Euro wert.«

»15.000 Euro!«, krächzt Buddy. »Ernsthaft? Für eine dusselige Geige?«

Wir anderen sind ebenso baff. Wer gibt denn bitte schön so viel Geld für eine einzige Geige aus?

»Violine, Buddy. Bei der Violine handelt es sich um ein Einzelstück aus der Barockzeit. Mein Vater hat sie von seinem Vater geerbt. Ein ungeschriebenes und absolut unbrechbares Gesetz bei uns zu Hause lautet: Finger weg von der *Cobetti!* Darauf steht nämlich die Höchststrafe. Mein Vater hängt so sehr an dem Teil, dass er es hin und wieder sogar mit auf seine Reisen nimmt.«

Verdammt, und ich dachte, *ich* hätte Probleme. Doch gegen die von Justus kommen mir meine plötzlich wie ein Fliegenschiss vor.

»Okay«, knurrt Luc. Nun ist das lockere Grinsen aus seinem Gesicht verschwunden. »Dann herrscht ab jetzt sofort also Bandenkrieg!«

Mein Vater schläft zum Glück, als ich vorsichtig zur Wohnungstür hereinschleiche.

Meine Mutter hingegen ist hellwach und funkelt mich ärgerlich an.

»Tarik, wo kommst du jetzt erst her?«

Natürlich spricht sie wie immer türkisch mit mir, und ich antworte wie immer auf Deutsch.

»Ich weiß, *baba* hat gesagt, ich soll sofort nach der Schule nach Hause kommen, aber, *anne*, bitte, ich musste doch noch mit meinen Freunden sprechen! Kannst du das denn nicht verstehen?«

Die Augen meiner Mutter verengen sich zu kleinen Schlitzen, während ihre Nasenflügel weit aufgebläht sind. Aber sie nickt. »*Baba* muss ja nichts davon erfahren ...«, murmelt sie. »Aber nur dieses eine Mal, Tarik, hörst du?!«

Ich beeile mich zu nicken und mich anschließend in mein Zimmer zu verziehen. Noch mal Glück gehabt, Junge, schießt es mir erleichtert durch den Kopf. Auch in Anbetracht dessen, was Justus gerade für ein Problem an der Backe hat.

Meine kleinen Brüder nerven tödlich. Unentwegt lärmen sie herum. Als ich aus lauter Frust Cem einen leichten Klaps gegen den Hinterkopf verpasse, weil er sich weigert, den Ton seines idiotischen Handyspiels leiser zu stellen, rennt er heulend aus dem Zimmer.

Sekunden später steht mein Vater in Unterwäsche vor mir und starrt mich an wie ein wütender Stier.

»Sag mal, Tarik, willst du mich heute noch mehr provozieren, oder was?«

Ich schüttele den Kopf.

»Und warum machst du dann nichts als Ärger?«

»Mache ich doch gar nicht«, verteidige ich mich.

Mein Vater fährt sich mit beiden Händen durch das dichte, dunkle Haar. »Wie auch immer, Tarik, ich habe mir etwas überlegt. Bald sind Herbstferien und die wirst du komplett in der Türkei bei Tante Gül und Onkel Hassan verbringen. Ich habe vorhin schon mit ihnen telefoniert und alles geregelt. Drei Wochen unter Tante Güls strenger Aufsicht werden dir hoffentlich klarmachen, was sich gehört. Und außerdem denke ich, dass ein bisschen Abstand zu deinen *Freunden* auch keine schlechte Idee ist.«

Ich schnappe nach Luft, während es vor meinen Augen sonderbar zu schwirren beginnt.

Habe ich gerade wirklich noch gedacht, Justus hätte das größere Problem von uns beiden?

Drei Wochen Tante Gül sind schlimmer als ein Jahr Internat. Mit absoluter Sicherheit ist das so! Drei *Tage* Tante Gül sind schon der glatte Horror!

»Nein«, keuche ich. »Nein, *baba*, bitte, das kannst du nicht machen!«

Mein Vater zuckt die Achseln. »Natürlich kann ich das machen, schließlich bin ich dein Vater. Darüber wird auch nicht länger diskutiert.«

Ich springe von meinem Bett auf.

»*Baba!*«, rufe ich aufgeregt. »Ich weigere mich aber! Ich mache das nicht, hörst du? Ich werde auf gar keinen Fall zu Tante Gül in die Türkei fahren!«

Doch mein Vater beachtet mich gar nicht mehr. Er verlässt einfach das Zimmer.

Auf dem Flur höre ich ihn rufen: »*Anne*, ist das Essen schon fertig?«

Kein Plan, was meine Mutter darauf erwidert. Aber dass ich unbedingt einen Plan brauche, um meine Reise nach Antalya zu meiner schrecklichen Tante Gül zu verhindern, das weiß ich sicher.

Kapitel 7

Auf gepackten Koffern

In den nächsten acht Tagen passiert nicht wirklich viel. Ich habe Stubenarrest, und mein Vater lässt nicht den geringsten Zweifel daran aufkommen, dass ich bei einem Verstoß dagegen mit Tante Gül bis zu meinem achtzehnten Geburtstag zu rechnen habe.

Ich wage nicht, es darauf ankommen zu lassen. Genauso wie ich nicht noch mal darauf hoffen kann, dass meine Mutter wirklich dichthält. Außerdem ist Cem gerade in der übelsten Ich-verpetze-dich-bei-*baba*-Laune.

Somit sehe und höre ich kaum etwas von den anderen Super Jumpern, denn natürlich hat mein Vater mir auch das Telefonieren strengstens verboten.

Regelmäßig sehe ich dagegen Hendrik und seine Anhängsel – schließlich besuchen wir dieselbe Schule. Doch wie der Stand der Dinge in Sachen wertvolle Violine und Bandenkrieg ist, davon hab ich nicht den geringsten Schimmer.

Aber da Hendrik und seine Hirnis mich in Ruhe lassen, gehe ich mal davon aus, dass die Sache längst geklärt ist. Womöglich hat Justus seinem Vater am Ende dann doch alles gebeichtet und der hat daraufhin Hendriks Vater in sein nobles Chefbüro gepfiffen und sieben Minuten später die arschteure Violine auf dem Schreibtisch liegen gehabt. Hendrik hat den Ärger seines Lebens gekriegt und die Sache ist geritzt.

Klar hat Justus gemeint, er könnte seinem Vater unmöglich davon erzählen. Aber ganz ehrlich, so richtig habe ich ihm das eh nicht abgenommen. Justus ist wirklich schwer in Ordnung – bestimmt! Aber letztendlich ist er der Sohn von stinkreichen Eltern, und die sind im Normalfall so stolz auf ihren Sohn, dass die ihm sowieso nichts so richtig übel nehmen. Und darum bin ich mir auch sicher, dass sie Justus niemals gegen seinen Willen in irgendein Internat stecken würden.

Mein Vater ist da anders, der meint es immer ernst. Ohne Kehrtwendung, ohne Rückfahrticket!

Und deshalb ist es ihm auch völlig egal gewesen, was ich in den letzten Tagen gesagt, getan oder versprochen habe, er hat seine Meinung nicht geändert.

Wenn also morgen früh um kurz nach neun der *Turkish-Airlines*-Flieger Richtung Antalya abhebt, sitze ich darin.

»Tarik, hast du jetzt endlich deinen Koffer gepackt?«, fragt mein Vater.

Ich schüttele den Kopf.

»Und warum nicht?«

»Weil ich nicht zu Tante Gül in die Türkei will!«

»Tja, mein Sohn, daran hättest du denken sollen, bevor du fremde Wände beschmierst.«

Ich klappe den Mund auf – und gleich wieder zu, denn plötzlich erscheint Kulle hinter ihm im Türrahmen.

KULLE! Was will der denn hier? Ich bin platter als 'ne Briefmarke. Oder bin ich inzwischen schon so am Ende mit den Nerven, dass ich Halluzinationen habe?

»Guten Tag, Herr Toprak«, begrüßt er meinen ebenso verdutzten Vater. »Ihre Frau war so nett und hat uns hereingelassen.«

»Uns?«, krächze ich.

»Hi, Tarik«, lächelt Kulle mich an, als ob es total normal wäre, dass er in unserer Wohnung aufkreuzt. Das ist es aber nicht. Kein bisschen. Kulle war noch nie hier und meine Eltern kennen ihn quasi nur von meinen Erzählungen.

»Ich habe meinen Kumpel Thore mitgebracht«, plaudert Kulle grinsend weiter.

Zwischen die Köpfe von Kulle und meinem Vater schiebt sich ein fröhliches Mondgesicht.

»Hi, Tarik.« Thore hebt die Hand zum Gruß und reicht sie dann meinem Vater. »Guten Tag, Herr Toprak. Entschuldigen Sie bitte, dass wir Sie hier so überfallen. Und das auch noch am Sonntagnachmittag.«

»Schon gut«, brummt mein Vater und beäugt Thore misstrauisch.

»Ich bin Thore Meinert-Krohberg und leite das Jugendzentrum am Bocksberg«, stellt er sich meinem Vater vor.

»Guten Tag, Herr Meinert-Krohberg«, sagt mein Vater, höflich wie immer. Egal wie perplex er ist, Anstand und Etikette gehen ihm nie flöten.

»Nennen Sie mich doch einfach Thore«, sagt Thore und lächelt gewinnend. »Das macht jeder.«

Mein Vater nickt. »Gut, Thore, und was kann ich nun für Sie tun?«

Die Situation ist einfach nur absurd – genau. Völlig irreal. Plötzlich stehen Thore und Kulle in meinem Zimmer und plaudern mit meinem Vater, als würden sie das immer tun. Ich fasse es nicht – und sagen kann ich erst recht nichts. Irgendwie sind mir gerade die Worte ausgegangen.

»Also«, Thore räuspert sich. »Ich habe von Kulle erfahren, dass ihr Sohn Tarik für das Graffiti im Bahnhofstunnel verantwortlich ist, Herr Toprak.«

Meinem Vater entgleiten sämtliche Gesichtszüge, während ich innerlich zusammenzucke.

Was soll das denn, spinnt der? Und Kulle erst recht! Ich hab wahrhaftig schon genug Ärger gekriegt wegen der Aktion. Acht Tage Stubenarrest liegen hinter mir und ab morgen drei Wochen Gefängnis bei Tante Gül in der Türkei. Das weiß Kulle doch bestimmt von den anderen. Warum trabt er hier also mit diesem Thore an und wärmt den Brei noch mal ordentlich auf?

»Es waren auch noch andere Kinder an der Aktion beteiligt«, erwidert mein Vater nun leicht säuerlich. »Das hat sich inzwischen herausgestellt. Außerdem habe ich längst mit der Stadtverwaltung Kontakt aufgenommen und mich natürlich bereit erklärt, die Reinigungskosten zu übernehmen. Schließlich weiß ich, dass man in der Verantwortung für sein minderjähriges Kind steht, und drücke mich nicht vor den Regeln des Gesetzes.«

Ich ahne, dass er damit auf Buddys und Nicos Eltern anspielt, die sich geweigert haben, irgendwelche Kosten zu übernehmen, solange nicht eindeutig bewiesen ist, dass ihre Kinder mindestens einen Farbklecks an die Tunnelwand geschmiert haben. Samis Vater hätte schon was dazugegeben, aber das wollte mein Vater dann irgendwie auch nicht. Bestimmt mal wieder wegen der Ehre und so.

Thore hebt beide Hände und ruft: »Stopp! Halt! Das war doch überhaupt nicht als Vorwurf gemeint, Herr Toprak! Ganz im Gegenteil.«

Die buschigen Augenbrauen meines Vaters schießen in die Höhe. »Wie-was meinen Sie damit?«

»Damit meine ich, dass wir, also der Stadt-Jugendausschuss, dem ich als Sozialpädagoge vorstehe, schwer begeistert von Tariks Graffitikunst sind.«

Mein Vater glotzt, als ob ihm ein Monster-Truck über den Fuß gerollt wäre.

»Wie bitte?«, keucht er.

Thore nickt. »So ist es. Deshalb möchten wir Tarik gern damit beauftragen, die Garagenfronten hinten am Bauhof zu verschönern. Natürlich zusammen mit seinen Freunden.« Er stockt, wendet sich an Kulle und fragt dann: »Wenn ich dich richtig verstanden habe, Kulle, dann ist Tarik aber schon der eigentliche und federführende Künstler? Herr Toprak hat gerade erwähnt, dass die anderen drei Kinder auch daran beteiligt gewesen sind?«

Kulle schmeißt sich in Positur, als ob er seit Neustem mein Manager wäre. »Kann sein, kann sein. Aber der Künstler ist Tarik!«

»Künstler?« Mein Vater muss sich am Türrahmen abstützen. »Was-was reden Sie denn da?!«

Mein Förderer Kulle seufzt schwer. »Lieber Herr Toprak, haben Sie schon mal was von negativen Glaubenssätzen gehört?«

»Nein!«, gibt mein Vater ehrlich zu.

Ich übrigens auch nicht. Und was Kulle meinem Vater damit sagen will, kapiere ich ebenso wenig.

Vorerst soll ich das auch nicht erfahren, denn meine Mutter ruft aus dem Wohnzimmer zu uns herüber, dass sie Tee für alle zubereitet hat. Bei Tee und *Baklava*[8] lässt es sich viel gemütlicher reden, fügt sie noch hinzu. Natürlich auf Türkisch, weshalb Kulle und Thore uns fragend anschauen. Fremden gegenüber ist meine Mutter meistens etwas misstrauisch, und dann weigert sie sich, Deutsch zu reden.

»Meine Frau möchte sie gern auf eine Tasse Tee und ein Stück Gebäck ins Wohnzimmer einladen«, klärt mein Vater die beiden auf.

Ich sehe ihm an, dass ihm das ganz und gar nicht schmeckt – er möchte Thore und Kulle lieber jetzt als gleich wieder loswerden. Doch schließlich siegt wie immer seine Gastfreundlichkeit, und so marschieren wir tatsächlich zusammen rüber ins vollgestopfte Wohnzimmer, wo wir

[8] Eine Süßspeise aus gefülltem Blätterteig, der mit einem Sirup aus Honig und Gewürzen übergossen wird.

uns um den gedeckten Couchtisch auf dem Sofa zusammenquetschen.

Wir trinken Tee, essen das süße Gebäck, und beinahe ist es so, als ob wir hier freiwillig und gut gelaunt zusammensitzen würden. Zumindest, bis Thore auf den Grund seines Besuches zurückkommt. »Also, wie sieht es denn nun bei dir aus, Tarik? Könntest du morgen früh um neun auf dem Bauhof sein, damit wir besprechen, was du sprayen willst und was du dazu brauchst? Natürlich können dir deine Freunde gern dabei behilflich sein, wenn sie Lust haben.«

Ich kann es nicht fassen – ist das wirklich ein ernsthaftes Angebot? Zu gerne würde ich aus tiefstem Herzen zusagen – doch leider sitze ich morgen früh im Flieger zu Tante Gül.

Verdammte Schande!

Bevor ich Thore mein Elend schildern kann, knurrt mein Vater: »Bestimmt nicht! Tarik verbringt die Herbstferien bei seiner Tante und seinem Onkel in der Türkei!«

So wie er das sagt, ist daran nichts mehr zu rütteln.

Doch unfassbarerweise hat Thore noch ein Ass im Ärmel, das tatsächlich in der Lage ist, die in Stein gemeißelte Entscheidung meines Vaters von einer Sekunde auf die andere ins Wanken zu bringen: GELD!

»Er soll das natürlich nicht umsonst tun, Herr Toprak«, sagt Thore und ich traue meinen Ohren kaum. »Wir haben uns überlegt, dass wir Ihnen die Reinigungskosten des Tunnels dafür erlassen. Leider muss das schöne Graffiti nämlich tatsächlich wieder entfernt werden, weil dort eine große Werbefläche geplant ist, die die Stadt bereits verkauft hat.«

»Sie meinen, ich muss nichts bezahlen? Keinen Cent?«, fragt mein Vater, zwar ungläubig, aber doch recht interessiert.

Thore nickt. »So ist es!«

Einen Moment überlegt mein Vater noch. Ich sehe ihm an, wie es in seinem Kopf rattert. Doch letztendlich siegt das Geld – wie immer.

»*Anne*, hol bitte das Telefon. Ich rufe in der Türkei an und sage Gül Bescheid, dass Tarik nicht kommt!«

»Danke, Kulle«, raune ich ihm beim Rausgehen zu. »Du hast mich vor Tante Gül gerettet.«

Kulle grinst. »Null Problem, Junge. Aber eigentlich musst du dich bei den Super Jumpern bedanken. Die haben mich nämlich so lange genervt, bis ich zu Thore gelatscht bin und ihn gefragt habe, ob er nicht irgendetwas in der Sache für dich unternehmen kann.«

»Ach-ach so«, stottere ich und spüre plötzlich, wie sich die Enttäuschung in mir breitmacht. Der Gedanke, dass Thore tatsächlich von meinen künstlerischen Fähigkeiten begeistert war und mir deshalb dieses supergeniale Angebot gemacht hat, fühlte sich nämlich superfantastisch an. »Das stimmt also alles gar nicht?«

Kulle bekommt untertassengroße Augen. »Na klar stimmt das.« Er klopft mir aufmunternd auf den Rücken. »Ich wollte dir damit nur noch mal klarmachen, dass es echt toll ist, dass du dich auf deine Freunde so verlassen kannst.«

Ich nicke, denn ganz genauso ist es auch.

Kapitel 8

Der mit den Spraydosen tanzt

Am nächsten Morgen kann ich gar nicht schnell genug aus dem Bett kommen. In Windeseile stopfe ich zwei Scheiben Brot in mich hinein, schütte einen Becher Milch hinterher und bin auch schon startklar.

Um auf den Fahrstuhl zu warten, fehlt mir einfach die Geduld. Im Renngalopp stürze ich die Treppen hinunter. Immer zwei bis drei Stufen auf einmal nehmend.

Im Keller riecht es wie immer nach abgestanden Socken und muffigem Pups. Aber meine gute Laune kann mir der widerliche Gestank heute nicht verderben. Ich zerre mein Future-Bike aus dem Ständer und schleppe es ins Erdgeschoss. Dann bin ich endlich vor der Tür und atme tief durch, bevor ich mich in den Sattel schwinge und ordentlich in die Pedale trete.

Keine fünf Minuten später habe ich die Bäckerei von Buddys Onkel erreicht.

Buddy wohnt mit seiner Mutter direkt darüber. Wenn er nicht in seinem Zimmer abhängt, dann ist er meistens unten in der Backstube anzutreffen. Wie sein Onkel will er später mal Bäcker werden und ist der Meinung, man könnte gar nicht früh genug mit dem Üben beginnen.

Ich stelle mein Rad im Hinterhof ab und marschiere zunächst zur Backstube rüber. Wie immer steht die Tür weit offen.

»Morgen, Tarik«, begrüßt mich Buddys Onkel. »Suchst du Torben?«

Ich nicke. »Hallo, Herr Koller, ja, ist er nicht hier unten?«

Herr Koller schüttelt den Kopf. »Gestern ist ihm der Hefeteig missglückt. Seitdem hadert er mit sich und der Backkunst.«

Ich grinse. »Dann müssen Sie sich wohl einen anderen suchen, der später Ihren Laden übernimmt?!«, albere ich herum. Ich bin so gut gelaunt wie lange nicht mehr. Die Welt ist echt genial!

Herr Koller geht wie immer auf meinen Scherz ein. »Wie wäre es mit dir, Tarik?«

Abwehrend hebe ich die Hände. »Im Prinzip gerne, aber leider werde ich schon Künstler.«

Herr Koller lacht – aber er lacht mich nicht aus. Das würde er niemals tun. Buddys Onkel ist nämlich schwer in Ordnung.

»Ich habe schon von Torben gehört, dass du jetzt richtig groß Karriere machst.«

Karriere machen, wie sich das anhört! – Super hört sich das an. Jawohl, das klingt wie obergenialste Musik in meinen Ohren. Dennoch laufe ich ketchuprot an und winke ab. »Na ja, erst einmal muss ich beweisen, dass ich nicht nur so ein wild herumsprayender Chaot bin.«

»Wer sagt denn so was?« Herr Koller wischt sich die Mehlhände an seiner weißen Schürze ab, die sich beängstigend über seinem gewaltigen Bauch spannt.

Es liegt mir schon auf der Zunge zu erwidern, dass meine Eltern dieser Meinung sind. Doch ich überlege es mir anders. Schließlich bin ich auf dem Weg zum Bauhof, wo ich gleich meinen ersten offiziellen Auftrag als Künstler habe. Und das wiederum nur, weil meine Eltern es mir am Ende dann doch erlaubt haben. Die Gründe dafür sind mir inzwischen egal. Ich bin einfach nur happy, dass ich nicht in die Türkei muss und mich stattdessen mit meinen Freunden künstlerisch voll ausleben kann. Yeah!

»Okay, dann gehe ich mal zu Buddy hoch«, sage ich zu Herrn Koller und hebe die Hand zum Abschied.

Doch Herr Koller schüttelt den Kopf.

»Torben ist schon längst weg. Wohin weiß ich nicht. Aber auf jeden Fall hat er reichlich Proviant mitgenommen.«

Ich bin ziemlich verwundert, weil ich mich gestern Abend noch telefonisch mit Buddy um halb neun hier bei ihm zu Hause verabredet habe. Aber ich lasse mir nichts anmerken und verabschiede mich mit einem breiten Grinsen.

Kein Plan, warum Buddy schon los ist. Aber auch davon lasse ich mir mein absolut geniales Hochgefühl bestimmt nicht verderben.

Als ich kurz darauf den Bauhof erreiche, sind die anderen Super Jumper tatsächlich schon alle da. Sie stehen um Buddy herum und mampfen Donuts.

»Hi, Tarik, da bist du ja endlich«, werde ich von Nico leicht vorwurfsvoll begrüßt.

»Ich war bei Buddy zu Hause«, verteidige ich mich. »So, wie wir es verabredet hatten!«

Buddy grinst, als ob er sich keiner Schuld bewusst wäre. »Tja, ein bisschen Strafe muss sein.«

Na, wenn er meint. Ich will jetzt nur noch loslegen. Am liebsten auf der Stelle. Doch als Thore endlich mit irgend so einem Typen von der Stadt angetrabt kommt, hält der mir erst mal einen ellenlangen Vortrag. Wie das Ganze aussehen soll und wie auf gar keinen Fall und so.

Er wünscht sich Wellen. In verschiedenen Blautönen und bloß nicht zu wild.

Hallo?! So habe ich mir das aber nicht vorgestellt, liegt es mir mehrfach auf der Zunge zu sagen. Der Typ nervt wie Fußpilz.

»Der labert und labert«, raune ich Luc zu.

Luc nickt. »Ich dachte auch, wir könnten gleich starten.«

Doch daraus wird nichts. Nachdem der Mann von der Stadt mit seiner Ansprache endlich fertig ist, will Thore noch wissen, wie viel Farbe ich benötige und was sonst noch an Utensilien. Er schreibt sich alles auf und meint dann, sobald die Rechnungsstelle das Ganze bewilligt hätte, würde er sich wieder bei uns melden.

»Wie jetzt?«, frage ich. »Das war's? Können wir heute gar nicht anfangen? Nicht mal mit den Vorarbeiten?«

Thore schürzt die Lippen. »Leider nein. Ich hab auch nicht gedacht, dass die Verwaltung da jetzt noch so ein Ding draus macht. Aber ich verspreche euch, ich drücke ordentlich aufs Gaspedal.« Damit winkt er uns fröhlich zu und trabt davon.

Schöne Pampe!

»Und was machen wir nun?«, fragt Sami.

»Ich hatte mich schon so auf das Sprayen gefreut«, brummt Buddy enttäuscht.

»Was haltet ihr von 'ner Runde durch den Hexenkessel?«, schlägt Nico vor. »Das haben wir schon voll lange nicht mehr gemacht.«

Wie denn auch – ich hatte ja HAUSARREST!

»Stimmt!«, ruft Justus. »Die Super Jumper sind schon eine halbe Ewigkeit nicht mehr gejumpt!«

Die Enttäuschung steckt mir zwar noch fies in den Knochen, doch wo die anderen recht haben, da haben sie recht: Es wird mal wieder Zeit, 'ne rasante Runde durch die wildestes Bikerstrecke der Welt zu drehen!

Langsam rolle ich den schmalen Pfad hinunter. Ich muss mich extrem konzentrieren, sonst verliere ich die Balance. Gleich darauf trete ich wieder heftig in die Pedale, damit ich es den nächsten steilen Hügel hinaufschaffe. Dann liegt der Hexenkessel unter mir. Wild, rau, für jeden unbezwingbar – außer für einen Super Jumper. Und ja, verdammt, ich bin ein Jumper. Auch wenn ich das in letzter Zeit fast vergessen habe, weil ich dazu gezwungen wurde, ein Stubenhocker zu sein.

Ich lege mich leicht nach vorne und ab geht es, den steilen Hang hinunter. »Yiiiiiieha!«, brülle ich und fühle mich frei wie ein Adler.

Locker bezwinge ich die nächste Anhöhe, kurve zurück ins Tal, meine Reifen bohren sich in den staubigen Untergrund. Ich trete voll durch, mein Tempo nimmt mörderische Züge an – höllische Pampe, ich muss aufpassen, dass ich mich nicht langmache.

Dennoch werde ich kein Stück langsamer. Ich steuere den nächsten Hügel an, um mich gleich darauf erneut ins Tal zu stürzen. Diesmal komme ich dem See gefährlich nahe. Ich halte die Luft an. Bin mir nicht sicher, ob ich die Kurve noch kriege oder ob ich gleich schnurstracks in das pechschwarz schimmernde Wasser eintauche. Doch in letzter Sekunde gelingt es mir, den Lenker herumzureißen. Ich komme weni-

ge Zentimeter vor der Uferböschung sicher und auf beiden Reifen gleichzeitig auf.

»Ey, Tarik, hast du 'nen Vollknall?!«, ruft mir Luc von oben zu. »Oder bist du heute lebensmüde?«

Grinsend zerre ich mir den Helm vom Kopf. Meine Haare darunter sind so nass, als ob ich tatsächlich gerade ein unfreiwilliges Bad genommen hätte.

»Musstest wohl erst mal ordentlich Frust ablassen, was?« Plötzlich ist Justus neben mir. Ich hatte gar nicht mitbekommen, dass er so dicht hinter mir war.

Ich nicke – und dann sprudelt es einfach aus mir heraus. Wie eine Colaflasche, die man ordentlich geschüttelt hat.

»Weißt du, Justus, ich will das unbedingt. Es ist nicht nur so ein Spleen. Aber vielleicht bin ich ja doch einfach nur so ein Schmierfink, wie mein Vater sagt ...«

»Blödsinn!«, ruft Justus und schüttelt wild den Kopf.

Ich hole tief Luft. »Ich will es allen beweisen. Alle sollen sehen, was in Wirklichkeit in mir steckt!« Im nächsten Moment könnte ich mich dafür ohrfeigen. Das wollte ich doch gar nicht laut sagen.

»Ähm ... Justus, ich ...« Ich schäme mich dunkelrot!

Doch Justus legt mir die Hand auf die Schulter. »Ich kann dich gut verstehen. Aber eigentlich hast du das doch gar nicht nötig! Unser neues Chill House ist überaus ansprechend geworden, und das nur, weil du es mit deinen Künsten verschönert hast. Das Wunder, das Kulle mit ein paar uralten Schrotträdern vollbringt, gelingt dir mit etwas Farbe.«

Verflixter Trickser, ich fühl mich mega geschmeichelt.

»Echt?«, krächze ich. »Ich meine, denkst du das wirklich?«

»Logo. Und die anderen sehen das ganz genauso. Oder glaubst du, wir hätten dir deine Bahnhofstunnelaktion sonst so locker und flockig verziehen?« Justus grinst. »Mensch, Junge, du bist Tarik, der mit den Spraydosen tanzt! Irgendwo musst du dich ja austoben können!«

Ich schlucke. Und schlucke. Und, elende Mistgabel, kriege die verdammten Tränen doch nicht zurückgehalten. Sie rollen mir über die feurig roten Wangen, noch bevor ich sie wegwischen kann.

»Schande«, fluche ich. »Jetzt heul ich dir auch noch was vor ...«

Justus grinst noch breiter. »Quatsch. Das ist doch kein Heulen. Du schwitzt nur mit den Augen! Was nach dem Höllenritt von vorhin auch echt kein Wunder ist.«

Ich sehe Justus an – und der dusselige Kloß in meiner Kehle wird noch fetter.

»Danke«, nuschele ich schwer bewegt. »Danke, dass du an mich glaubst, Justus.«

»Weil du es draufhast, Tarik. Du musst nur auch fest an dich glauben und nicht immer gleich ausrasten, wenn es mal nicht so läuft.«

Ich weiß es – ich weiß es ja selbst ...

»Aber dieser Typ von der Stadt ... Justus, erst soll ich endlich zeigen dürfen, was ich draufhabe, und nun will der, dass ich bescheuerte Wellen an die Garagen pinsele. Der hat doch den Schuss nicht mehr gehört!«

Bevor Justus darauf etwas erwidern kann, ruft Luc von oben: »Ey, wollt ihr da Wurzeln schlagen oder was? Wir haben Huuuuuunger!«

Justus pufft mir freundschaftlich gegen die Schulter. »Packen wir es?«

Ich nicke, während ich mit dem Handrücken die letzten endpeinlichen Tränen von meinen Wangen wische. »Logo.«

Wenig später sitzen wir im Chill House. Weit oben über dem Hexenkessel. Buddy hat den Tisch gedeckt. In unserer Mitte befindet sich eine große Platte mit mindestens dreißig Kuchenstückchen, natürlich hauptsächlich Donuts.

Getränke hat er auch mal wieder angeschleppt – Buddy ist ungelogen der weltbeste Proviantmeister, den man sich vorstellen kann. Und hat mit Abstand den coolsten Onkel aller Zeiten!

Wir hocken zusammen, essen, quatschen, lachen, blödeln herum und all mein Frust ist auf einmal wie weggeblasen. Die letzten Wochen, der Stress mit meinen Eltern, meine Fast-Reise in die Türkei, der Ärger mit der Polizei, der Fast-Ärger mit meinen Freunden, der blöde Typ von der Stadt, das langweilige Wellenmotiv – alles bedeutungslos!

Zuhause ist, wo man sich verstanden und willkommen fühlt. Und es gibt kein besseres Zuhause als das Chill House mit den Super Jumpern für mich.

Aus und basta!

Als ich etwas später heimwärts strampele, fühle ich mich endlich mal wieder richtig gut. Ich trete wie verrückt in die Pedale, der Wind fegt mir ordentlich um die Ohren und ja, ich gebe es zu, ich pfeife sogar ein kleines Liedchen. Doch urplötzlich kommt mir Justus in den Sinn und gleich darauf natürlich die Frage, wie wohl sein Vater auf Flachpfeife Hendriks Aktion reagiert hat?!

Verdammt! Ich wollte ihn schon längst danach gefragt haben. Was bin ich doch für ein mieser Freund! Denke nur an meine Probleme, dass es anderen vielleicht gerade auch nicht so super geht, vergesse ich dabei komplett.

Tarik, Tarik, du bist und bleibst unverbesserlich.

Mist!

Kapitel 9

Auf hoher See

Drei Tage später kommt endlich der Anruf, auf den ich so megadringend gewartet habe. Ich schlottere vor Aufregung, als Hylja mir das Telefon reicht und erklärt, dass irgendein Thore dran ist.

»Hi, Tarik, wenn du willst, dann kannst du jetzt loslegen!«

Und wie ich will – zumal mein Vater gestern schon laut überlegt hat, ob er mich nicht am Ende doch noch zu Tante Gül schicken soll, wenn das nicht mal langsam was wird mit dem Garagenbepinseln.

Heilige Pampe!

Bepinseln – allein dafür hätte ich schon wieder wie ein Chinaböller hochgehen können.

Und gleich noch mal, als mein Vater zu meiner Erschütterung dem megafiesen Hausarrest nach wie vor kein Ende bereitet hat. Erst wenn ich mit der *Arbeit* begonnen habe, darf ich mich wieder *frei bewegen!*

Aber nun ist das ja endlich Geschichte. Von jetzt an geht es steil bergauf. Die bitteren Zeiten liegen endlich hinter mir.

Oh yeah, farbige Zukunft, hier kommt Tarik!

»Ich bin in zehn Minuten da!«, jubele ich ins Telefon. »Ich sag nur noch schnell den anderen Bescheid!«

Am Ende wird es dann eine knappe halbe Stunde, bis ich auf dem Bauhof ankomme, weil meine Mutter darauf besteht, dass ich erst frühstücke, bevor ich die Wohnung verlasse.

Thore guckt leicht genervt auf seine Armbanduhr, als ich wie angestochen um die Ecke gedüst komme.

»Das waren aber ganz schön lange zehn Minuten«, sagt er.

»Tut mir echt leid, sorry, wirklich! Aber jetzt bin ich ja da und die anderen kommen bestimmt auch jeden Moment. Sind das die Kartons mit den Farben?« Ich deute auf drei braune Kisten, die neben Thores quietschgrünem Auto stehen.

Thore nickt. »Ich denke, ich habe alles bekommen, was du brauchst.«

Ich strahle wie das peinlichste Honigkuchenpferd aller Zeiten, als ich mein Bike abstelle und zu den Kisten rüberhechte.

Doch als ich sie öffne, friert mir das Grinsen in den Mundwinkeln glatt ein.

»Was-was ist das denn?«, keuche ich.

In den Kartons befindet sich nichts als blaue Farbe – Wandfarbe! Eine weiße Tube ist auch dabei.

Thore zuckt die Achseln. »Herr Beutel von der Stadt hat sich das Ganze noch mal überlegt. Er möchte nun doch keine Wellen. Ihr sollt die Wände schön gleichmäßig hellblau anstreichen und gut ist. Das passt seiner Meinung nach besser ins Farbkonzept des Bauhofes.«

Ich schnappe nach Luft. »Aber-aber, das ist doch to-total … bescheuert! Das hat doch auch gar nichts mit Kunst zu tun!«

Thore zuckt hilflos die Schultern. »Letztendlich hat er das Sagen. Ich bin da leider völlig machtlos, Tarik. Es ist nun mal so, wer bezahlt, der darf sich auch was wünschen.«

Was ist das denn für ein dämlicher Spruch?!

Am liebsten würde ich Thore die Farbeimer einfach über den Kopf schütten. Einen nach dem anderen, so stinkwütend bin ich. Und wenn Justus und Luc nicht in diesem Moment angefahren gekommen wären, ich hätte es getan. Tausendprozentig!

»Was guckst du denn so angefressen?«, will Luc wissen, noch bevor er von seinem Bike abgestiegen ist.

»Wir haben uns wirklich beeilt«, erklärt Justus entschuldigend. »Aber wir hatten noch etwas sehr Dringendes zu erledigen.«

Ich starre die beiden an. Justus sieht ziemlich blass aus. Unter seinen Augen liegen dunkle Schatten und irgendwie scheint er auch abgenommen zu haben. Jedenfalls ist mir bisher nicht aufgefallen, dass sein Kinn dermaßen spitz ist.

Natürlich müsste ich ihn jetzt fragen, ob er krank ist oder was sonst mit ihm los ist. Vielleicht hat es doch ein bisschen mehr Ärger wegen seiner heimlichen Violinen-Aktion gegeben. Aber ich stecke gerade so tief in meiner Wut und der schlimmsten Enttäuschung aller Zeiten, dass es mich, ehrlich gesagt, gar nicht interessiert, ob Justus nun freiwillig eine Diät hält oder warum Luc so seltsame Andeutungen macht.

Ich kann nur daran denken, dass ich mal wieder die A-Karte gezogen habe.

»Ihr habt euch ganz umsonst so beeilt«, erkläre ich mit bitterer Stimme. »Ich hab's mir nämlich gerade anders überlegt, ich mach das nicht!«

»Hä?«, staunt Luc. »Was redest du da?«

Thore hat ebenfalls die Ohren gespitzt. »Was soll das heißen, Tarik? Ich bin doch auch nicht begeistert von Herrn Beutels Entscheidung. Aber du kannst jetzt trotzdem keinen Rückzieher mehr machen.«

Kampfbereit strecke ich das Kinn vor und verschränke die Arme vor der Brust. »Wer sagt das?«

»Ich sage das!«, motzt Thore mich nun einen Zacken ärgerlicher an. »Denn ich habe mich deinetwegen ziemlich weit aus dem Fenster gelehnt. Also mach jetzt gefälligst auch das, was wir vereinbart haben.«

Thore ist ein Idiot. Ich schnall echt nicht, wie er Kulles bester Freund sein kann! Absolut und gar nicht passen die beiden zusammen.

»Ich verstehe nur Bahnhof«, sagt Luc. »Was ist denn nun schon wieder das Problem, Tarik? Warum willst du jetzt auf einmal nicht mehr?« Seine Stimme klingt gereizt.

Justus guckt mich fragend an.

Ich hole tief Luft, bevor ich ihnen erkläre, warum ich lieber drei Wochen Tante Gül ertrage, als mich an die Vereinbarung mit diesem dusseligen Herrn Beutel zu halten.

»Weil wir einfach nur die Wände blau anstreichen sollen. Das kann jeder Hansel. Das hat nichts mit Kunst zu tun!«

»Was? Echt? Nö, das glaub ich jetzt nicht«, sagt Luc und schüttelt den Kopf.

Was glaubt er nicht? Dass wir quasi als Hilfsarbeiter ausgenutzt werden sollen? Wütend starre ich Thore an. »Frag ihn doch!«, sage ich zu Luc.

Thore seufzt tief. »Ich hab getan, was ich tun konnte. Also entweder ihr macht das jetzt oder ihr lasst es sein. Aber dann sollte dir auch klar sein, Tarik, dass die Stadt deinem Vater 'ne Rechnung wegen der Beseitigung deiner Graffiti schickt. Ich muss jetzt los. Sagt später bitte noch Bescheid, wie ihr euch entschieden habt.« Damit marschiert er zu seinem Auto, steigt ein und fährt tatsächlich davon. Einfach so. Er lässt uns echt hier stehen. Ich fasse es nicht.

»Ähm ... und was war das jetzt?«, fragt Luc, eindeutig baff.

»Komische Aktion«, findet auch Justus.

Sami kommt um die Ecke gedüst. Dicht hinter ihm sind Nico und Buddy.

»Zum Glück«, ruft Nico. »Ihr habt noch nicht angefangen.« Ihre Wangen glühen wie Klatschmohn. Ihre Augen funkeln unternehmungslustig. Sie sieht superfröhlich und glücklich aus und das kotzt mich gerade mächtig an.

»Wir fangen gar nicht an!«, blaffe ich. »Die Aktion ist gestorben. Umsonst gefreut, Nico!«

Nico entgleisen die Gesichtszüge. »Was ist denn nun schon wieder passiert?« Sie starrt Justus an, der einen megabesorgten Gesichtsausdruck hat. »Gibt es etwa Neuigkeiten bei dir?«

Ich will schon fragen, warum Justus wohl mehr Mitleid verdient hat als ich – oder anders, warum sie Justus so anglotzt und mich mit meinem Frust völlig vergessen zu haben scheint. Spinnt die im Karree oder was?!

Doch in diesem Moment springt Buddy direkt neben mir von seinem aufgepimpten Holländer. »Auweia, ich dachte, heute wäre mal Entspannung angesagt. Aber wenn es wieder Ärger gibt, ich hab natürlich Donuts dabei.« Er deutet auf die riesige Bäckertüte, die auf seinem Gepäckträger festgeklemmt ist. »Ihr wisst doch, Zucker ist gut bei Stress und Streit.«

Doch ich beachte ihn gar nicht. Und seine blöden Weisheiten kann er sich sonst wohin schmieren. Wütend stapfe ich hin und her, dann zurück zu den Farbeimern. Ich bin so stinkig, so enttäuscht, so unfassbar sauer ...

Rums!, macht es, als mein Fuß in den aufgestapelten Kisten landet und sie zum Umstürzen bringt.

»Sag mal, Tarik, tickst du nicht mehr ganz richtig?!«, motzt Nico mich an.

Ich stemme die Hände in die Seiten und marschiere mit erhobenem Kinn auf sie zu. Dicht vor ihr bleibe ich stehen. Nicos Augen weiten sich erschrocken. Nasenspitze an Nasenspitze stehen wir da. Mein Herz dröhnt wie bekloppt. Ich könnte ...

»Tarik, nun beruhig dich mal wieder.« Das ist Justus' Stimme. Seine Hand legt sich fest um meinen Nacken.

»Genau«, krächzt Nico. »Komm mal wieder runter.« Ihr Atem riecht nach Erdbeerkaugummi. »Glaubst du eigentlich, die ganze Welt dreht sich nur um dich und deine Probleme?«

Innerlich zähle ich rückwärts von zehn bis null. Justus hat mir geraten, das zu tun, wenn ich zu wütend werde. Doch es reicht nicht, ich bin so außer mir, ich könnte *diese ganze Welt* in eine Millionen kleine Stücke zerfetzen.

»Ihr könnt mich alle mal!«, brülle ich Nico an. »Ihr mit eurem doofen Gelaber und euren guten Ratschlägen. Ihr wisst doch gar nicht, wie das ist. Nichts kriege ich gebacken und euch glückt immer alles. Ihr seid doch alle verhätschelt und vertätschelt bis zum Gehtnichtmehr – was echte Probleme sind, davon habt ihr doch null Plan!«

»Genau«, sagt Sami mit ironischer Stimme. »Deshalb habe ich ja auch bis vor Kurzem noch mit meiner Mutter direkt neben dir gewohnt. Hast du eigentlich 'ne Schacke, Tarik, oder warum redest du so einen Blödkram?!«

»Bis vor *Kurzem*«, brülle ich – und schaue dabei noch immer Nico an, die vor mir steht, als ob sie zur Salzsäule erstarrt wäre. »Du bringst es auf den Punkt. Du bist wieder weg, ab ins gemachte Nest, und ich hocke immer noch da und bin ein ... Nichts!«

Der Griff um meinen Nacken wird noch fester. »Tarik, hol Luft!« Justus' Stimme klingt streng. »Und lass Nico in Ruhe! Die kann nämlich bestimmt nichts dafür!«

Ich schüttele Justus' Hand ab und stoße ihn von mir weg.

»Lass du mich auch in Ruhe und spar dir dein Gelaber. Ich kann es nämlich nicht mehr hören. *Tarik, ja, du hast Talent, Tarik, voll gut, du musst nur an dich glauben* – vergiss es! Alles nur Gerede. Ich hab genug davon. Ich hab genug von euch. Ihr nervt mich ohne Ende und, ganz ehrlich, wenn es drauf ankommt, dann seid ihr eh nicht für mich da und überhaupt ... ich will keiner mehr von euch sein.«

Justus starrt mich verdattert an, während ich keuchend ein- und ausatme.

»Du spinnst doch im Viereck, Junge«, schnaubt Luc. »Jetzt werde mal wieder friedlich.«

»Friedlich? Ich bin friedlich!«, behaupte ich.

Doch während meine letzten Worte noch in der Luft hängen, wird mir plötzlich klar, wie dämlich ich mich gerade aufführe. Kopflos, wütend, planlos – ganz genau so, wie ich es nicht sein will.

Ich lasse meinen Frust an den Falschen ab.

Verdammte Pampe!

Stolpernd mache ich einen Schritt zurück. Entschuldigend hebe ich die Hände und lasse sie gleich wieder sinken. Es ist sowieso sinnlos. Ich hab's vergeigt.

»Nic-Nico, es tut mir leid«, murmele ich dennoch. »Ich-ich wollte dich nicht so angehen …«

»Schon gut«, brummt Nico. Sie hat Tränen in den Augen. Ich erkenne es ganz deutlich – und fühle mich noch mieser. Ich habe ihr Angst gemacht. Meiner Super-Jumper-Freundin. Und die anderen sind stinkwütend auf mich. Mal wieder. Einen Rückzieher kann ich jetzt nicht mehr machen. Sie sind froh, dass ich mich selbst rausgeworfen habe. Sie sind erleichtert, dass sie Tarik, mal wieder auf Krawall gebürstet, endlich los sind. Ich erkenne es in ihren Gesichtern.

»Es tut mir leid«, sage ich noch einmal. Dann drehe ich mich um und renne los. So schnell mich meine Beine tragen. Ohne einen Blick zurückzuwerfen. Ohne einen Gedanken an mein Future-Bike zu verschwenden. Ich laufe und laufe. Nur weg hier. Ich schäme mich entsetzlich. Was bin ich doch für ein Idiot!

Irgendwann bin ich am Bahnhof angekommen. Wie mechanisch haben meine Beine mich hierhergetragen. Keuchend bleibe ich stehen.

Einatmen, ausatmen, einatmen, ausatmen ...

»Der Zug ist gerade weg«, erklärt mir eine junge Frau mit bedauerndem Blick.

Ihre Freundlichkeit kommt mir wie ein zusätzlicher Schlag ins Gesicht vor. Ich kann sie nur anstarren und den Kopf schütteln. Dann stolpere ich Richtung Unterführung weiter. Stufe für Stufe eiere ich die Treppe hinunter. Mein Herzschlag dröhnt mir laut in den Ohren. Meine Knie sind weich wie ranzige Butter.

Zwei Männer in hellblauen Latzhosen sind gerade dabei, *Farbexplosion* zu beseitigen.

Ich fasse es nicht, dass ich genau in diesem Moment hier aufkreuzen muss. Meint das Schicksal es echt so mies mit mir?

»Diese verdammten Schmierfinken«, brummt der eine, ein mickriger Typ mit dunklen Locken. »Die Hammelbeine müsste man denen langziehen.«

Der andere ist wesentlich größer als der Erste, aber genau so unsympathisch, finde ich, denn er stimmt seinem Kollegen nickend zu. »Die Jugend von heute hat einfach keinen Respekt mehr vor dem Besitz anderer. Nichts als Unfug im Kopf! Und wir müssen den ganzen Blödsinn am Ende dann wieder ausbaden. Ich sag's dir, Florian, wenn das meiner wäre, dem würde ich mal 'ne ordentliche Tracht Prügel verpassen.«

Der Mickrige seufzt und ächzt, während er graue Farbe in einem Eimer umrührt.

»Über das Geschmier musst du bestimmt zweimal rüber«, meint er und reicht seinem Kollegen die Farbrolle. »Diese Spraydosenfarben sind schlimmer als die Pest und lassen sich nur schwer überstreichen.«

Der lange Lulatsch richtet die Rolle auf mein Kunstwerk. »Ach was, der Chef hat gesagt, einmal reicht. Hier kommt doch eh das Werbeplakat des Reisebüros hin.«

Ich stehe stumm da und sehe den Schwachköpfen dabei zu, wie sie die Wand nach und nach wieder in nichtssagendes Betongrau verwandeln.

Ein ätzendes Gefühl, oh ja, es tut mir fast körperlich weh. Ich balle die Faust. Am liebsten würde ich ...

»Was guckst du so?«, ranzt mich plötzlich einer der beiden an und lässt die Farbrolle sinken.

Ich sage nichts. Null. Im Leben rede ich nicht mit diesen Kunstzerstörern.

Der andere lacht höhnisch auf. »Der Bengel will wohl später auch mal Maler werden. Aber wenn ich dir einen Rat geben kann, Junge, lass es. Wenig Geld für viel Arbeit und außerdem ...«

Kein Plan, was der sonst noch so alles labert. Ich mache auf dem Absatz kehrt und renne davon. Zum zweiten Mal heute. Und während ich Stufe für Stufe nach oben stürme, fällt mir auf, dass ich in letzter Zeit ständig wegrenne und dennoch kein Ziel erreiche.

Und noch etwas schwirrt mir durch den Kopf: Nicos Frage, ob ich eigentlich glauben würde, dass ich der Einzige hier mit Problemen wäre – oder so ähnlich.

Bin ich das? Ich meine, glaube ich das wirklich?

Also, zumindest kann ich mir kaum vorstellen, dass sich irgendjemand beschissener fühlt als ich!

Kapitel 10

Tarik, der Überläufer

»Ey, was willst du denn hier?«, knurrt Möchtegern-Klitschko Hendrik und kommt auf mich zu. Langsam und eindeutig bedrohlich. Seine beiden Kumpels, die ihm ständig an den Fersen kleben, sind dicht hinter ihm. Von Jojo ist jedoch nichts zu sehen. Zum Glück.

Dennoch fühle ich mich total elend.

Der Tag steckt wirklich tief in der Tonne. Weshalb muss mir das Schicksal nun auch noch diese Hohlbirnen über den Weg laufen lassen? Warum müssen die ausgerechnet bei den Garagen hinter den Hochhäusern herumlungern – haben die denn kein Zuhause?

»Der Garagenhof ist unser Revier, Türke!«, knurrt Hendrik.

Seine beiden Anhängsel nicken im Takt.

»So is es, Knalltüte!«, brummt der Linke, den sie Zwirbel nennen. Bestimmt, weil er so total verzwirbelte knallrote Locken hat.

»Bin schon weg«, murmele ich und will mich ruckzuck vom Acker machen.

Doch Hendrik wäre nicht der übelste Typ der Stadt, wenn er sich diese Chance entgehen lassen würde.

»Nix da!«, bestimmt er. »Du bleibst gefälligst hier und plauderst ein bisschen mit uns!« Er grient mich feist an.

Ich möchte ihm das Grinsen zu gern aus dem Gesicht schlagen. Aber ich bin zwar ein Idiot, der es sich wohl gerade mit seinen besten (und einzigen) Freunden für alle Zeiten vermiest hat, doch ich bin immerhin kein lebensmüder Idiot.

»Worüber denn?«, frage ich so normal wie möglich. Bloß keine Angst zeigen, nur nicht die Klappe zu weit aufreißen – ganz *normal* tun.

Hendrik nestelt an meinem Kragen herum.

»Zum Beispiel über euer neues Holzhaus, das im Wäldchen oberhalb eurer dusseligen Bikerstrecke steht«, schleimt er herum. »Ziemlich cooles Quartier habt ihr da bekommen ... öhm ... und bekommen wir bald, wenn wir demnächst den Vertrag machen.« Er lacht noch einen Zacken dreckiger.

Arschgeige!, schreie ich innerlich. Jeder weiß, JEDER, dass er und seine Idioten unser erstes Chill House zertrümmert haben. Das ist klar wie Kloßbrühe. Auch wenn wir es ihm bis heute nicht beweisen konnten. Und was meint er eigentlich mit *Vertrag machen*?

Wer soll mit ihm irgendeinen Vertrag machen? Oder leidet der Typ unter fiesen Halluz?

»Die Hütte gehört nicht uns«, lüge ich, ohne rot zu werden. »Herr Keedenburg ist der Besitzer! Und ich kann mir nicht vorstellen, dass der mit euch irgendeinen *Vertrag* oder so macht.«

Okay, ganz gelogen ist das nicht. Die Tonkuhle gehört der Baufirma Keedenburg, also Samis Vater, und somit ist das Chill House auch irgendwie seins. Obwohl er es uns natürlich geschenkt hat. Also, den Super Jumpern. Nicht mir, denn ich bin ja nun kein Super Jumper mehr. Aber das muss ich der Flachpfeife ja nicht auf die Nase binden. Und dass Samis Vater sich mit so einem wie Hendrik abgibt, daran glaube ich in hundert Jahren nicht.

»Klar doch!«, verhöhnt mich Hendrik. »Und wer soll dir den Scheiß abnehmen? Justus ist schließlich längst auf den Deal eingegangen, und das täte er ja wohl kaum, wenn euch die Hütte nicht gehören würde.«

Justus? Deal? Von welchem Deal labert dieser Affe ohne Gehirn denn nun schon wieder? Quatsch, der blufft doch nur elendig, denke ich.

Darum zucke ich nur die Schultern und bleibe dabei: »Wenn es nun mal die Wahrheit ist.«

Hendrik sieht aus, als ob er mich unangespitzt in den Boden rammen wollte, weil ich ihm widersprochen habe. Doch dann ändert sich plötzlich seine Haltung und er fragt: »Was rennst du eigentlich so alleine durch die Gegend? Es sind Ferien! Da hätte ich doch vermutet, dass du nicht eine Sekunde ohne deine hohlen Jumper unterwegs bist. Und wo ist eigentlich dein lächerliches Rad mit den breiten Reifen und dem albernen Chrom dran? Außerdem hätte ich echt nicht gedacht, dass sich einer von euch hierhertrauen würde. Schließlich herrscht Bandenkrieg zwischen den Echsen und den Jumpern.«

Bandenkrieg? Verdammt. Langsam geht mir ein Licht auf. Scheinbar hat Justus die Violine noch immer nicht zurück.

Kann es sein, dass meine Super-Jumper-Freunde gerade den Stress ihres Lebens mit Hendrik und Konsorten haben und mir kein Wort davon verklickert haben? Aber warum?

Weil sie der Meinung sind, das ginge mich nichts an? Oder keinen Bock mehr auf mich haben? Oder weil sie mich damit nicht belasten wollten, weil ich gerade selbst genug Probleme habe?

Oh zur Hölle, womöglich ist es genau so! Darum sah Justus vorhin so käsig aus. Deshalb war Luc so stinkig auf mich. Jetzt verstehe ich auch, was Nico damit gemeint hat, dass auch andere Probleme hätten. Justus hockt wahrscheinlich schon mit einer Pobacke im Internat und ich ...

Ich kneife die Lippen fest zusammen und fühle mich so elend wie nie zuvor.

»Haben die dich etwa rausgeschmissen?«

Mist! Steht mir etwa schon fett auf der Stirn geschrieben: EX-Super-Jumper?

»Blödsinn«, brumme ich. Leider nicht gerade überzeugend.

Hendrik schlägt sich nämlich klatschend die Hände auf die Oberschenkel und triumphiert: »Yeah! Da hab ich wohl voll ins Schwarze getroffen! Deine feinen Gymnasiasten haben keinen Bock mehr auf dich!«

»Blödsinn«, wiederhole ich. »Das-das stimmt doch gar nicht.«

Doch Hendrik pellt sich ein Ei auf meine Beteuerungen.

Lachend wendet er sich an seine beiden Speichellecker. »Schnallt ihr's? Tarik ist nicht rein zufällig hier. Er will einer von uns werden! Tarik ist ein Überläufer. Und gar nicht mal so ein dummer, denn bald gehört uns die Bikerstrecke samt Bandenquartier und die verkackten Super Jumper haben nichts mehr ... ähm ...«, er lacht meckernd wie ein Ziegenbock, »... außer dieser hässlichen Geige.«

Ich hole tief Luft, um diesen Schwachmaten zu erklären, dass ich eher für immer und alle Zeiten zu Tante Gül in die Türkei übersiedeln würde, als einer von Hendriks Mitläufern zu werden. Doch dann klappe ich den Mund wieder zu. Plötzlich schwirrt da ein Gedanke durch meinen Kopf.

Ein sonderbarer, unfassbarer, aber womöglich einzig richtiger Gedanke: Ich, Tarik Toprak, passe viel besser zu solchen Nieten wie Hendrik und Co. als zu den Super Jumpern... Zumindest, was den äußeren Schein betrifft! Genau, Tarik, das ist es. Du schleichst dich bei denen ein, spionierst sie aus, kriegst mit, wo sie Justus' Violine haben, und dann, wenn sie dir blind vertrauen, greifst du das wertvolle Teil ab und bringst es zurück in die Villa Steinberg. Justus wird so erleichtert sein, dass er und die anderen mir womöglich meinen idiotischen Auftritt verzeihen. Aber selbst wenn sie das nicht tun, weil mir einfach schon zu oft die Hutschnur geplatzt ist, bin ich es Justus und den anderen schuldig. Und dass Hendrik und seine Pfeifen demnächst in unserem Hexenkessel herumlungern dürfen und in unserem genialen Chill House abhängen, nee, Leute, das geht schon mal gar nicht. Darum werde ich alles tun, um das zu verhindern. Sogar, wenn ich dafür eine lächerliche Echse werden muss!

»Würdet ihr mich denn überhaupt bei euch aufnehmen?«, frage ich möglichst harmlos.

»Wenn du die Aufnahmeprüfung bestehst«, Hendrik grinst selbstgefällig, »ja, dann darfst du dich womöglich bald einen Schattengreifer nennen. Wobei wir uns vor Anfragen zurzeit kaum noch retten können. Doch so einen wie dich, der bestimmt die übelsten Tricks draufhat, den könnten wir schon gut gebrauchen.«

»Schattengreifer? Ich dachte, ihr nennt euch Echsen!«

Und wie kommt der eigentlich darauf, dass ich bestimmt die übelsten Tricks draufhätte? Nur weil ich Türke bin und im Hochhaus wohne, bedeutet das doch wohl nicht gleich automatisch, dass ich nur Mist verzapfe!

»Oh ja, verdammt, stimmt ja. Der Name ist noch so neu, dass ich ihn hin und wieder total vergesse. Wir sind jetzt die Schattengreifer! Und weißt du auch, warum wir uns diesen Namen gegeben haben?«

Ich schüttele den Kopf und kann nur denken, dass Hendrik echt noch dümmer ist, als der Arzt es erlaubt.

»Weil wir nämlich schneller sind als unsere Schatten«, erwidert Hendrik stolz wie Bolle.

»Aha«, nicke ich. »Lucky Luke.«

»Hä?«, macht Hendrik.

»Das stammt von Lucky Luke. Er schießt schneller als sein Schatten.«

Hendrik kratzt sich am Hinterkopf – Hölle, das sieht echt selten doof aus!

»Ich kenne keinen, der Lucky Luke heißt.«

Gibt es gegen akute Blödheit eigentlich Tabletten?

»Aber ist ja jetzt auch egal. Bist du bereit für die Aufnahmeprüfung?«

Ich schlucke – bin ich bereit? Bin ich ein Überläufer? Es muss sein!

»Ja!«, erkläre ich. »Was soll ich tun?«

Hendrik dreht sich zu seinen beiden Anhängseln um. Baut sich vor ihnen auf, als ob er Rasierklingen unter den Achseln hätte. »Zwirbel, Güni, hab ich es euch nicht gesagt, dass wir uns bald vor neuen Bandenmitgliedern kaum noch retten können? Erst Jojo, jetzt Tarik.«

Der rot gelockte Zwirbel nickt.

»Hast du, Chief«, erklärt der blasse Güni.

Chief?

»Na dann«, beömmelt Hendrik sich, während seine Augen mich wie glühende Laser durchleuchten. »Auf zum Bahnhof.«

»B-Bahnhof?«, stottere ich. Ich muss mich verhört haben.

Doch Hendrik nickt. »Logo, wohin denn sonst?!«

Ich hebe die Schultern. »Was weiß ich, ich meine, was wollen wir denn ausgerechnet am Bahnhof?«

Hendrik erklärt es mir seelenruhig. »*Wir* wollen *dir* dabei zugucken, wie du aus einem fahrenden Zug springst!«

»Was?« Ich fasse es nicht. Die haben doch eindeutig den Schuss nicht mehr gehört.

»So lautet die Aufnahmeprüfung. Zwirbel hält bisher den Rekord. Er hat es bis zum ersten gestreiften Schild gepackt. Aber so flink und wendig, wie du bist, Tarik, kannst du das bestimmt toppen.«

Das klingt so absurd, ich muss noch mal nachfragen, ob ich mich nicht verhört habe.

»Das heißt, ich steige in einen Zug, und wenn der angefahren ist, springe ich wieder ab?«

Hendrik nickt. »Klar! Logischerweise noch auf dem Bahnsteig. Weiter hinten auf den Schienen wäre das nämlich richtig, richtig *aua*.« Er lacht schmierig.

»Das-das ist total irre«, keuche ich. »Lebensmüde.«

Und so ist es auch. Ich will nicht aus einem fahrenden Zug springen. Bei dem wenigen, was ich auf den Rippen habe, breche ich mir doch sofort sämtliche Knochen!

Womöglich ist mein Spionage-Plan doch nicht so astrein. Ich meine, wie soll ich herauskriegen, wo die Violine ist, wenn ich tot bin?

»Sag mal, Junge, hast du etwa Schiss?« Hendrik tut erstaunt. »Ich dachte immer, du kennst das Wort Angst gar nicht!«

Kein Plan, wie der darauf kommt. Er weiß doch überhaupt nichts von mir! Wir besuchen zwar dieselbe Schule, gehen in die Parallelklasse, aber wir haben nichts, absolut null miteinander zu tun. Normalerweise sind Hendrik, Zwirbel und Güni Luft für mich. Ich sehe die gar nicht, weil sie mich nicht interessieren. Tja, andersherum scheint es wohl *anders* zu sein.

Ich hole tief Luft, dann schüttele ich den Kopf. »Nö, ich habe keinen Schiss! Aber eventuell 'ne bessere Idee, die nicht ganz so …«

»Und die lautet?«, grätscht jemand mit krächzender Stimme mitten in meinen Satz hinein.

Ich fahre herum und blicke in dunkle Schlitzaugen. Jojo kommt auf mich zugestapft, als ob er augenblicklich mit mir in den Wrestlingring steigen wollte. Seine Schultern kommen mir noch breiter als in der Schule vor. Was womöglich daran liegt, dass er heute nur ein weißes Trägershirt mit Totenkopfmotiv zur grün-schwarz-gemusterten NATO-Hose trägt.

Alter Falter, es ist doch Herbst. Hat der das nicht mitgekriegt?

»Ich hab dich was gefragt, Junge«, erinnert er mich mit der rauesten Stimme, die ich jemals bei einem Typen aus meiner Stufe gehört habe. Aber okay, er ist ja auch locker zwei Jahre älter und bestimmt schon im Stimmbruch. Oder er hat ein Reibeisen verschluckt. Oder er frisst jeden Morgen zum Frühstück Nägel.

»Ich-ähm-naja ...«, stottere ich.

An Hendriks Anblick habe ich mich schon irgendwie gewöhnt. Doch dieser Jojo, verdammt, der Kerl ist echt beeindruckend. Also, im negativen Sinn.

»Sach mal, Henne, willst du den Stotterer echt bei uns aufnehmen?«, wendet sich Jojo an Hendrik. »Was willst du denn mit so 'ner Lusche anfangen?«

Lusche? Geht's noch?

»Chief!«, knurrt Hendrik. »Du sollst mich Chief nennen und nicht Henne. Das kann ich nämlich nicht ausstehen.«

Die beiden kämpfen einen kurzen Machtkampf mit den Augen aus. Ich bin mir eigentlich ganz sicher, dass ich gerade Zeuge eines Führungswechsels bei den idiotischen Schattengreifern werde. Jojo ist gut einen Kopf größer und wesentlich breiter als Hendrik, und Leute, Hendrik ist schon echt ein Schrank!

Doch es ist tatsächlich Jojo, der den Blick zuerst sinken

lässt und brummt: »Okay, Chief, wenn du der Meinung bist, der Typ kann uns nützlich sein ...«

Hendrik nickt. »So ist es, Jojo. So ist es!«

»Dann halte ich ab sofort meine Klappe«, erklärt Jojo.

»Besser ist es«, findet Hendrik.

Kapitel 11

Falsche Mutprobe

Kennt ihr das Gefühl, wenn die Zeit stillsteht und ihr vor Spannung fast platzt?

Wenn ihr es nicht mehr aushalten könnt, weil ihr am liebsten die Zeiger an sämtlichen Uhren vordrehen würdet, damit das, was vor euch liegt, schon vorbei wäre?

Ganz genauso fühle ich mich gerade.

»Gleich kommt der Metronom«, sagt Jojo und wirft mir einen vielsagenden Blick zu. »Dann wird sich zeigen, ob du würdig bist, ein Schattengreifer zu werden, oder ob du am Ende doch nur zum Klotieftaucher taugst.«

Güni lacht. »Klotieftaucher, wie cool ist das denn?«

»Voll krass«, beömmelt sich auch Zwirbel.

Hendrik sagt nichts. Er guckt nur hämisch.

In der Ferne taucht jetzt der Metronom auf. Meine Knie werden immer mehr zu Espenlaub, mein Herz rast wie bescheuert.

Ich will das nicht, denn ich bin absolut und total nicht lebensmüde. Aber ich *muss* doch einer von den Schattengreifern werden. Es gibt keine andere Lösung. Ich kann nicht mehr zurück.

»Ich wette zehn Euro, dass er kneift«, sagt Güni.

Zwirbel lacht höhnisch. »Blödsinn, Güni. Du hast ja gar keine zehn Euro, die du wetten könntest.«

»Und außerdem wird Tarik mich nicht enttäuschen«, erklärt Hendrik siegesgewiss und lächelt mich falsch an. »Ist doch so, Tarik?!«

Ich nicke. Übelkeit macht sich in mir breit. Steigt langsam vom Magen hoch in meine Speiseröhre, ich bekomme schon fast keine Luft mehr.

Der Metronom fährt auf dem Bahnsteig ein. Bremsen quietschen, Türen öffnen sich, ein paar Leute steigen aus, einige ein. Ich stehe da und kann mich nicht rühren. Ich schaffe es einfach nicht, in den Zug zu steigen. Meine Beine sind wie gelähmt und wollen mir ums Verrecken nicht gehorchen.

»Tarik«, knurrt Hendrik. »Tu es! Steig endlich ein!«

Ich will – wirklich, aber es geht nicht.

Im nächsten Moment verpasst mir jemand einen heftigen Schubs von hinten. Ich stolpere nach vorne und habe auch schon den Fuß in der Tür des Metronoms.

»Denk dran, du musst mit aller Kraft von innen die Tür aufdrücken«, zischt Hendrik mir noch zu. »Aber womöglich gelingt dir das nicht, und dann hast du noch mehr die Arschkarte gezogen, weil ...«

Ich bekomme nicht mehr mit, was er sonst noch so alles sagt. Ich denke auch nicht darüber nach, was er mir damit eigentlich verklickern will. Ich stehe nämlich längst im Inneren des Zuges und die Türen haben sich geschlossen. Langsam setzt sich der Zug in Bewegung. Der Bahnsteig ist ziemlich lang. Ich habe noch Zeit. Bestimmt. Aber endlos darf ich nicht warten, sonst wird das Tempo zu hoch fürs Rausspringen. Aber will ich das wirklich tun?

Ich blicke zu den vier Gestalten zurück, die auf dem Bahnsteig stehen und sich köstlich amüsieren. Deutlich erkenne ich, dass Hendrik sich die Hände reibt. Was soll das?

Noch kann ich springen. Doch dazu müsste ich erst einmal die Tür aufkriegen. Ich drücke und drücke, schmeiße mich mit meinem kompletten Gewicht dagegen – aber die Tür lässt sich nicht einen winzig kleinen Spalt öffnen.

Das Tempo nimmt immer mehr zu. Zu schnell, schießt es mir durch den Kopf. Der Zug wird viel zu schnell zu schnell.

Im nächsten Moment haben wir den Bahnhof und seinen langen Bahnsteig hinter uns gelassen.

»Junge, geh mal lieber von der Tür weg«, rät mir ein älterer Mann mit kariertem Hut und hellem Mantel. »Die Türen sollen sich zwar während der Fahrt nicht öffnen lassen, aber man kann ja nie wissen. Ein technischer Defekt, und schon bist du aus dem fahrenden Zug gepurzelt. Und das wollen wir doch nicht, gelle?«

Er lächelt mich freundlich an.

Ich stehe da wie vom Donner gerührt.

»Wo-wo fährt der Zug eigentlich hin?«, frage ich den Mann mit dünner Stimme.

»Nach Hamburg.«

»Was?«, schreie ich.

»Hey, hey, ich bin zwar alt, aber nicht taub. Wo musst du denn hin? Bist du etwa in den falschen Zug eingestiegen?«

Ich kann nur die Schultern zucken.

»Also ja«, schließt der Mann daraus. »Aber dir muss nicht gleich angst und bange werden. Dann steigst du einfach an der nächsten Haltestelle aus und fährst wieder zurück nach Sallstadt. Das ist mir nämlich auch schon mal passiert.«

Ich nicke. »Ja, okay, ich meine, danke ...«

Der Mann lächelt mir ein letztes Mal zu, dann verschwindet er durch die gläserne Schiebetür in ein Abteil.

Tatsächlich fährt der Metronom keine fünf Minuten, dann kündigt eine Lautsprecherstimme schon den nächsten Halt an.

Wenige Momente später stehe ich wieder auf dem Bahnsteig – allerdings gut zehn Kilometer von zu Hause entfernt. Geld habe ich natürlich keins und mein Handy ist nach wie vor von meinem Vater konfisziert. Aber wen sollte ich denn auch anrufen? Meinen Vater bestimmt nicht, der würde komplett ausflippen, wenn er mitbekäme, was ich jetzt schon wieder verbockt habe.

Elende Pampe.

Ich marschiere rüber auf die andere Bahnsteigseite und studiere den Fahrplan. In vier Minuten kommt der nächste Metronom und könnte mich zurückbringen.

Als er schließlich einfährt, habe ich natürlich noch immer kein Geld für ein Ticket. Aber das hatte ich eben auch nicht.

Außerdem ist die Strecke so kurz, dass ich bestimmt nicht kontrolliert werde. Naja, und eine Alternative habe ich auch nicht. Es sei denn, ich will zehn Kilometer zu Fuß latschen. Nach kurzem Zögern steige ich ein.

Wie auf der Hinfahrt bleibe ich auch jetzt direkt an der Tür stehen und ärgere mich fuchsig über die verpatzte Aktion. Wussten Hendrik und Co., dass sich die Türen während der Fahrt nicht öffnen lassen? Aber wie ist es dann bitte schön den anderen gelungen?

Die Erkenntnis, dass die Idioten mich komplett verarscht haben und *ich* hier der eigentliche Idiot bin, dringt gleichzeitig mit der dunklen Stimme, die nach meiner Fahrkarte fragt, zu mir vor.

Ertappt zucke ich zusammen und drehe mich langsam um. Ein recht fülliger Mann mit Stirnglatze und blauer Uniform steht vor mir und blickt mich an.

Ich erkenne ihn sofort.

»Hast du mich nicht verstanden, Junge? Ich möchte deine Fahrkarte sehen!«

»Die-die habe ich ver-verloren«, keuche ich.

»Interessant, interessant«, erklärt der Schaffner. »Und so eine originelle Ausrede. Kommt mir wirklich überhaupt nicht bekannt vor ... Als ob ich sie gerade zum allerersten und nicht zum tausendsten Mal gehört hätte.«

»Wirklich«, beteuere ich mit Dackelblick. »Ich lüge Sie nicht an. Eben auf dem Bahnsteig hatte ich sie noch. Bitte glauben Sie mir!«

»Und dann kam ein heftiger Windstoß und schwupps,

schon stehst du ohne da. Alles klar. Wie auch sonst sollte es gewesen sein, wenn es doch immer so gewesen ist.«

Ich nicke wie verrückt, während der Schaffner mich erst spöttisch, dann zunehmend ernster anstiert.

»Sag mal, kann es ein, dass wir uns kennen? Irgendwie habe ich das Gefühl, dass wir uns schon mal gesehen haben!«

Ich schüttele wild den Kopf.

»Nein, bestimmt nicht. Ich fahre sonst nie Zug. Niemals!«, beteuere ich aufgeregt. »Und am Bahnhof halte ich mich sonst auch nicht auf. Heute ist die absolute Ausnahme. Das müssen Sie mir glauben!«

Der Mann neigt den Kopf leicht nach links und unterzieht mich einer noch genaueren Musterung.

»Hm ... komischerweise bringe ich dich auch gar nicht mit den üblichen Verdächtigen hier im Zug in Verbindung. Nein, du bist keiner von den ständigen Schwarzfahrerkandidaten. Wir sind uns woanders schon mal begegnet.«

Ich blicke aus dem Fenster. Entdecke schon die ersten Ausläufer des Bahnhofes. Der Zug verliert an Geschwindigkeit. Gleich werden wir halten und dann ...

»Jetzt weiß ich es!« Der Schaffner schlägt sich die flache Hand klatschend vor die Stirn. »Du bist doch der Bengel, der den Bahnhofstunnel in Sallstadt mit Farbe beschmiert hat und den ich dabei erwischt habe.«

»Nein«, krächze ich. »Nein, der bin ich ganz bestimmt nicht! Sie täuschen sich!«

Der Zug kommt zum Stehen. Ich versuche mit der linken Hand, den Knopf zu betätigen, damit die Tür sich öffnet. Der Mann ist zu dick, zu ungelenkig, ich habe eine reelle Chance, ihm erneut zu entkommen. Doch offenbar kann er Gedanken lesen. Oder er hat einfach verdammt viel Übung im Umgang mit fliehenden Schwarzfahrern.

»Nee, nee, du Früchtchen. Das kannst du gleich mal wieder vergessen.« Mit eisernem Griff umklammert er mein Handgelenk. »Diesmal entkommst du mir bestimmt nicht!«

Verflixte Pampe ... er hat tatsächlich recht!

»Ich werde natürlich mit meinem Sohn darüber reden, dass er weder ohne ein gültiges Ticket in ein öffentliches Verkehrsmittel steigen, noch fremdes Eigentum beschädigen darf.«

Meine Mutter spricht Deutsch mit einem Fremden – aber das ist nicht das einzige, was mich von den Socken haut. Ich staune Bauklötze, wie ruhig und besonnen sie sich verhält. Das ist echt viel besser als ihr Gejammer zu Hause, wenn ihr etwas mal wieder nicht in den Kram passt.

Wenn das ganze Theater der letzten Wochen irgendeinen Sinn gemacht hat, dann den, dass ich meine Mutter von einer ganz anderen, einer völlig neuen Seite kennenlerne. Ich bin gerade echt stolz auf sie.

»*Anne?*«, raune ich ihr leise zu. »Alles in Ordnung bei dir?!«

»Sei still, Tarik«, zischt sie mir zu. Dann wendet sie sich wieder an den Schaffner. »Wenn dann soweit alles geklärt wäre, Herr Duvenkopp, würden wir jetzt gern gehen. Das Ticket habe ich nachgelöst und die 40 Euro Bußgeld an Sie gezahlt. Wegen der Tunnelaktion hat die Stadt sich ja bereits mit uns in Verbindung gesetzt und das Ganze ist inzwischen geklärt.«

Wow, wie meine Mutter redet – so sicher und ja, richtig weltgewandt! Das hätte ich ihr echt nicht zugetraut.

Doch mir bleibt kaum Zeit zum Staunen, denn nachdem der Schaffner erklärt hat, dass wir nun entlassen sind, zerrt meine Mutter mich am Unterarm vom Bahnhofsgelände.

»Ich bin sprachlos«, behauptet sie kurz darauf. Was irgendwie nicht stimmen kann, denn sie redet ja mit mir. Übrigens jetzt wieder auf Türkisch.

»Was ist bloß mit dir los, Tarik? Kümmern wir uns nicht genug um dich?«

»Nein, bestimmt nicht!«, beteuere ich hastig. Meine Mutter kümmert sich nämlich deutlich mehr um mich, als mir lieb ist.

»Dabei hast du ja noch Glück im Unglück gehabt. Wenn dieser Schaffner nicht ein Herz gehabt hätte, dann könnte ich dich jetzt vom Polizeirevier abholen.«

Von wegen *Herz gehabt!* Der hatte einfach nur Feierabend, musste am selben Bahnhof aussteigen wie ich und wollte die ganze Angelegenheit schnell vom Haken haben. Eigentlich war der nicht mal mehr im Dienst, wenn ich das richtig verstanden habe, und hätte mich demnach gar nicht kontrollieren dürfen. Wer weiß, was der mit den 40 Euro meiner Mutter macht?

Aber das sage ich lieber nicht, denn meine Mutter ist eh schon mächtig angefressen.

»*Baba* schickt dich ein Jahr zu Tante Gül, wenn er erfährt, Tarik, was du jetzt wieder angestellt hast.«

Ich zucke zusammen. »Aber-aber warum denn? Ich meine, *anne*, ich schwöre, ich konnte nichts dafür. Es ist einfach so passiert, weil mich doch da irgendwie jemand in den Zug gestoßen hat, und nun ist alles total doof und, verdammt ...« Ich kann nicht weiterreden, sonst fange ich schon wieder an zu heulen.

Meine Mutter schüttelt den Kopf. »Du konntest nichts dafür? Tarik, eigentlich habe ich gedacht, du bist auf dem Bauhof und malst die Wände an. Und dann bekomme ich einen

Anruf, dass du beim Schwarzfahren erwischt wurdest. Das ergibt doch alles keinen Sinn.«

Ich zucke hilflos die Schultern. »Ich weiß doch auch nicht ...«

Meine Mutter seufzt tief. »Wir gehen jetzt erst einmal was essen und dann erzählst du mir bitte in aller Ruhe, was passiert ist.«

Ich muss mich verhört haben! Meine Mutter geht nie irgendwo zum Essen hin. Und schon gar nicht zu McDonalds, wo ich wenige Augenblicke später neben ihr am Tresen stehe und höre, wie sie Pommes und Hamburger für mich und eine Portion Chicken McNuggets für sich bestellt.

Als wir am Tisch sitzen und sie herzhaft in ihr erstes Chicken-Nugget beißt, will ich endlich wissen, warum sie heute so anders ist. Normalerweise hätte sie mich längst am Ohrläppchen nach Hause gezerrt, damit *baba* mir dann die Strafpredigt meines Lebens halten kann. Nein, noch anders, sie hätte meinen Vater geweckt, und der wäre wutschnaubend zum Bahnhof gekommen.

»Ich habe einfach keine Lust mehr auf Streit, Tarik. *Baba* regt sich schon bei der Arbeit so viel auf, zu Hause muss er nicht auch noch ständig euretwegen Ärger haben«, erklärt mir meine Mutter. Sie trinkt einen großen Schluck Cola und legt mir dann die Hand auf den Unterarm. »Außerdem merke ich doch, dass irgendetwas mit dir nicht stimmt. Du bist extrem ungeduldig und fährst ständig bei der kleinsten Sache aus der Haut. Die ganze Familie leidet darunter, Tarik, und das ist nicht gut.«

Die Familie leidet unter *mir*? Hallo, es ist doch wohl eher so, dass *ich* unter meiner Familie leide!

Und das werde ich meiner Mutter jetzt auch in aller Deutlichkeit sagen.

»Ich finde es echt doo... ähm ... schade, dass ihr mich kein bisschen ernst nehmt. Alle lachen über meine Kunst. Ich will ja nichts Böses, ich möchte nur ...«

Doch ich stocke mitten im Satz, denn jetzt betritt Luc den Laden.

»*Anne*, bitte, ich weiß, das ist jetzt echt blöd, aber da ist Luc. Ich muss mit ihm reden. Bitte, es ist wirklich, wirklich wichtig für mich!«

»Hat er dich etwa zum Schwarzfahren angestiftet?«

»Nein! Bestimmt nicht. So etwas würde Luc nie tun. Luc ist in Ordnung – total!«

Ich sehe meiner Mutter an, dass sie gerne noch mehr erfahren würde. Und gehen lassen will sie mich auch nicht. All das kann ich ihrem Gesicht deutlich ablesen. Dennoch nickt sie, wenn auch seufzend. »Ich muss noch zum Gemüsehändler in der Christusstraße. Danach bin ich bei Yagmur zum Tee eingeladen. Du bist um fünf zu Hause, keine Sekunde später. Ist das klar?«

Ich nicke wie verrückt und erkläre überschwänglich: »Ja, natürlich doch, danke! Ich schwöre dir, ich enttäusche dich nicht.«

Meine Mutter erhebt sich. »Und kein Wort zu *baba*. Du warst beim Bauhof und hast alles angemalt, verstanden? Den Rest kläre ich.«

Erneut nicke ich – auch wenn ich nicht weiß, wie meine Mutter das hinkriegen will. Die Rechnung von der Stadt wird bestimmt kommen, weil ich mich ja geweigert habe, die Wände einfach nur blau anzustreichen. Aber das Problem muss ich nach hinten schieben. Jetzt sind andere Dinge wichtiger.

Kapitel 12

Von Irrungen und Wirrungen

»Du hast was gemacht?« Luc starrt mich an, als ob mir vor seinen Augen zwei Teufelshörner gewachsen wären.

Ich schlucke schwer und komme mir so blöd wie nie vor. »Ich dachte eben, ich könnte mich bei denen irgendwie einschmuggeln und rauskriegen, was die planen. Doch dazu musste ich erst mal diese Mutprobe bestehen.«

»So ein Schwachsinn!«, knurrt Luc. »Außerdem ist es eh zu spät. Der Vertrag ist schon fast unterschrieben. Morgen Nachmittag treffen wir uns mit Hendrik und seinen Flachpfeifen im Hexenkessel zur Übergabe.«

»Übergabe?«

Luc stöhnt, als ob ihn jemand mit Karacho in den Bauch geboxt hätte. »Cobetti gegen den Hexenkessel samt Chill House. Ansonsten sieht Justus die Violine seines Vaters nie wieder.«

Mir bleibt fast die Luft weg – so ist das also.

»Oh, verdammter Mist. Aber du musst mir glauben, Luc, das habe ich vorhin doch nicht gewusst! Sonst hätte ich wirklich nicht so ein Drama am Bauhof veranstaltet. Echt, Luc, ich bin zwar manchmal etwas neben der Spur, aber ich würde doch niemals zulassen, dass die Super Jumper ihr Zuhause verlieren.« Ich schnappe nach Luft. »Und genau deshalb muss ich das Ganze jetzt auch zu Ende bringen. Hörst du, Luc, ich hole die Cobetti zurück und wir behalten unseren Hexenkessel samt Chill House. Ich schwöre es ... bei meinem Future-Bike, und du weißt, nichts ist mir heiliger.«

Luc schnippt erst eine Pommes von seinem Tablett, bevor er mit vollem Mund erklärt: »Das ist ein komplett idiotischer

Plan, Tarik. Selbst wenn dich die Echsen in ihrer bekloppten Bande aufnehmen, was erhoffst du dir davon? So blöd ist selbst Hendrik nicht, dass er dir sofort verrät, wo er Justus' Violine versteckt hat.«

»Schattengreifer!«, kläre ich ihn auf.

Luc guckt mich fragend an. »Schattengreifer?«

Ich nicke. »So nennen die sich jetzt.«

»Nicht dein Ernst?!«

»Ich hab's mir nicht ausgedacht.«

Luc wiegt den Kopf hin und her. Überzeugt sieht er immer noch nicht aus. Ich kann's ihm nicht verübeln. In letzter Zeit habe ich den Bogen womöglich ziemlich überspannt.

»Okay«, sagt er schließlich. »Vielleicht ist es die letzte Chance für die Super Jumper. Aber ich habe eine Bedingung.«

»Und die wäre?«

»Egal, wie der ganze Mist ausgeht, du siehst zu, dass du diese bescheuerte Mauer am Bauhof blau anpinselst.«

»Aber ...«

Luc lässt mich nicht ausreden. »Von mir aus stell dir vor, du malst Wolken in den Himmel. Oder das Meer. Denk dir dabei, was immer du möchtest, aber tu es! Kulle hat sich für dich eingesetzt. Er hat Thore überredet, dass er die ganze Sache mit der Stadt für dich klärt, und wenn unser Super-Jumper-Schrauber nun deinetwegen Stress mit seinem besten Freund bekommt, nee, Tarik, das geht mal gar nicht. Also, verbock es nicht!«

Ich nicke. Er hat recht. »Ich schwöre es!«, sage ich mit feierlicher Stimme. »Und vielleicht kann ich ja eines Tages auch wieder ein Super Jumper sein? Ich meine, wenn die anderen mir meinen ständigen Krawall verziehen haben und so?«

Luc runzelt die Stirn und sieht mich verständnislos an. »Du redest wirres Zeugs, Junge. Du warst, bist und bleibst ein Super Jumper. Egal, was du tust, du gehörst zu uns. Das ist doch wohl logisch.«

Plötzlich steckt da mal wieder ein megafetter Kloß in meiner Kehle. Ich schlucke und schlucke, ich räuspere mich und räuspere mich.

Verdammte Pampe, von der ganzen Husterei steigen mir glatt die Tränen in die Augen.

»Alter«, lacht Hendrik. »Hast du echt gedacht, wir sind so belämmert und springen aus 'nem fahrenden Zug? Wir wollten nur testen, wie weit du dafür gehst, ein Schattengreifer zu werden.«

Ich zucke lässig die Schultern. Nichts anmerken lassen. Cool bleiben.

»Das war 'ne Verarsche«, beömmelt sich sein Kumpel Güni. »Und du bist voll darauf reingefallen.«

»Nö«, behaupte ich. »Ich hab es natürlich gewusst und mitgespielt. Dass sich die Türen bei einem fahrenden Zug nicht öffnen lassen, weiß schließlich jedes Kleinkind.«

Jojo stiert mich aus eng beieinander stehenden Augen skeptisch an. »Du bluffst! Du hast das nicht gewusst. Ich habe dir deine Panik angesehen. Deine Knie haben wie Wackelpudding geschlackert.«

»Alles nur Show, Jojo, aber cool, dass du es mir abgekauft hast«, erwidere ich lässig. »Wisst ihr was, ich hab 'ne Idee, wie ich euch tatsächlich beweisen kann, dass mir kein Risiko zu groß ist und dass es mir ernst damit ist, ein Schattengreifer zu werden.«

»Und die Idee lautet?«, fragt Hendrik.

Ich gucke mich nach allen Seiten um. Mache schwer einen auf geheimnisvoll. Dann beuge ich mich leicht vor und raune ihnen zu: »Ihr kennt doch den Bauhof von der Stadtverwaltung.«

Güni nickt. »Mein Onkel arbeitet auf dem Wertstoffhof direkt daneben.«

»Okay, dann weißt du bestimmt auch, wie viele Leute da immer herumrennen?!«

Güni nickt erneut.

»Ich werde der öden Mauer an den Garagen 'nen Anstrich verpassen. Und zwar gleich morgen, bei vollem Betrieb.«

»Wie jetzt?«, sagt Hendrik. »Du willst dich am helllichten Tag da hinstellen und die Mauer anpinseln?«

Ich nicke. »Ich behaupte einfach, dass ich 'nen Auftrag von der Stadt hab und male alles an. Was haltet ihr von ... hm ... lasst mich mal überlegen – hellblau, ist doch mal 'ne *schöne* Farbe?«

Jojo lacht höhnisch auf. »Das traust du dich nicht. Niemals!«

»Wetten?!«

»Wann genau?«, fragt Hendrik. »Ich will das nämlich mit eigenen Augen sehen.«

»Morgen früh um neun. Wenn möglichst viele Leute dort herumrennen. Von wegen Risiko und zusätzlichem Nervenkitzel ...«

»Okay«, sagt Hendrik und hält mir die Hand zum Einschlagen hin. »Ich bin mir zwar absolut sicher, dass du kneifst, aber abgemacht!«

Bevor ich einschlage, stelle ich noch eine Bedingung. »Wenn ich es mache, dann bin ich einer von euch, und das heißt: keine Geheimnisse!«

Hendrik nickt. »Du bringst das zwar sowieso nicht, aber von mir aus, keine Geheimnisse.«

In der Nacht träume ich von fliegenden Farbbeuteln, die gegen mein Fenster klatschen.

Platsch! Batsch! Peng!

Das nimmt einfach kein Ende.

Höllische Pampe, was ist das?

Ich richte mich im Bett auf und stoße mir den Kopf, weil ich verdammt noch mal längst zu groß für das untere Geschoss dieses dusseligen Zwergen-Kinder-Etagenbetts bin. Aber Cem weigert sich, mit mir zu tauschen.

Während ich mir den Kopf reibe, fällt mein Blick auf Cems albernen, grell beleuchteten Bob-der-Baumeister-Wecker. Ich fasse es nicht: kurz nach Mitternacht.

Genervt stöhne ich auf, da macht es erneut »klack«! Das klingt aber nicht wie »platsch«, sondern so, als ob jemand einen Stein gegen die Fensterscheibe werfen würde. Das ist natürlich völlig unmöglich – es sei denn, er kann fliegen. Ich wohne im ungefähr tausendsten Stock. Niemand kann so hoch werfen!

Ich springe aus dem Bett und bin auch schon am Fenster. Schwer atmend reiße ich es auf und traue meinen Augen nicht: Unten auf der Straße, direkt neben der Laterne, stehen Justus, Luc, Sami, Buddy und Nico.

»Hey, Tarik, komm runter!«, ruft Luc mir zu.

Ich zögere nicht eine Sekunde. Schnell wie ein Wiesel schnappe ich mir meinen Future-Helm, ziehe mir meine dick gepolsterten Bikerhandschuhe über und springe auf den Fenstersims. Ich lehne mich etwas vor, ziehe das Stahlseil zu mir heran, das außen in die Mauer eingelassen ist, und sause daran hinab zu meinen Freunden.

»Hey, pass doch auf!«, flucht Buddy.

»Wieso ich?«, motze ich ihn an.

»Weil du mir gerade fast auf den Kopf gesprungen wärst, du Überläufer!«, beschwert er sich.

»Ich bin kein Überläufer«, zische ich wütend.

»Jetzt streitet nicht schon wieder«, mischt Justus sich ein. »Dafür habe ich mich nicht um Mitternacht aus dem Bett gequält, den Villa-Steinberg-Geistern eine Falle gestellt und die Werwölfe im Hexenkessel abgehängt.« Justus ist jetzt ein Feuer spuckender Alien. »Ich bin hier, Tarik, weil du etwas für mich tun sollst!«

»Ich?«

Justus verwandelt sich in einen fauchenden Tiger. »Ja, du, Tarik Toprak! Ich gebe dir die Chance, deinen Fehler wiedergutzumachen. Jetzt gleich!«

»Wie?«

»Komm mit!«, befiehlt mir Justus, der fauchende Tiger. »Ich bringe dich dafür auch nicht um! Zumindest nicht, wenn du das machst, was ich dir sage!«

Justus hat ’nen Knall. Eindeutig. Aber außer mir scheint das keiner zu bemerken. Womöglich liegt das daran, dass ich mit Justus allein bin.

»Wo sind Luc, Sami, Buddy und Nico hin?«, frage ich Justus, den Alien-Tiger, der sich gerade wieder vor meinen Augen verwandelt. In einen handzahmen Kater mit hängendem Kopf.

»Fort, alle sind fort. Die Super Jumper gibt es nicht mehr«, jammert der graue Justus-Kater. »Zu viel ist geschehen. Wir haben alles verloren, den Hexenkessel, unser Chill House, die Bikes, unsere Freiheit ... und am Ende dann auch noch unsere Freundschaft.«

»Aber-aber«, rufe ich, »das geht doch gar nicht. Wir sind doch die Super Jumper!«

Der Kater lässt den Kopf noch weiter sinken und tapert mit schweren Schritten davon.

»He!«, rufe ich. »Was soll ich denn jetzt tun?«

»Zu spät«, höre ich ihn anklagend miauen. »Es ist zu spät ...«

Doch das will ich nicht glauben. Ich, Tarik Toprak, werde nämlich die Super Jumper retten.

»Das lasse ich nicht zu!«, rufe ich ihm nach. Dann schwinge ich mich auf mein Future-Bike und trete in die Pedale. Die Gangschaltung klackt so präzise wie eine Maschine.

Die extrabreiten Geländereifen surren fett und satt über den Asphalt. Der Mond spiegelt sich in dem verchromten Schweinwerfer. Ich fühle mich grandios, fantastisch, phänomenal, denn ich bin Tarik, der mit den Spraydosen tanzt. Und heute Nacht, jawohl, werde ich die Super Jumper retten!

Doch vorher klingelt erst mal der Wecker neben mir dermaßen schrill, dass ich mir die Zeigefinger in die Ohrmuscheln stecken muss.

Bob der Baumeister! Dieser fiese Ton ist ja echt nicht zum Aushalten!

Kapitel 13

Von schattigen Echsen gelinkt

Wenn sich Donnerstagmorgens um neun das grüne Eisengatter des Wertstoffhofes öffnet, hat sich davor schon eine längere Autoschlange gebildet.

Es ist echt der Hammer, was die Leute Woche für Woche hier so alles hinbringen. Ihr fragt euch bestimmt, woher ich das weiß?

Von Kulle natürlich!

Jeden Donnerstag steht er hier herum und begutachtet das Zeugs, das die anderen weggeworfen haben. Was er davon gebrauchen kann, fischt er sich aus den Containern heraus, packt es in seinen kleinen – natürlich selbstgebauten – Fahrradanhänger und strampelt damit zurück in seine Schrauberhütte. So ist übrigens auch mein Future-Bike entstanden.

Heute ist wieder Donnerstag und vorm Tor des Wertstoffhofes wartet schon eine Reihe von Autos.

Ich stehe direkt gegenüber auf dem Bauhof und bin heilfroh, dass Thore vor lauter Enttäuschung und Wut die Farbkisten noch nicht wieder abgeholt hat. Ich musste zwar erst ein bisschen suchen, aber dann habe ich sie in einer offenstehenden Garage ganz hinten in der Ecke entdeckt. Thore hat mir einen Zettel darangepappt, auf dem steht, dass er schwer hofft, dass ich es mir noch mal anders überlege. Einen Smiley hat er auch draufgekritzelt. Womöglich habe ich mich getäuscht und Thore ist doch ganz okay?

Pfeifend und in aller Seelenruhe öffne ich den ersten Eimer und lasse etwas Weiß aus der Tube hineinlaufen. Mit einem langen Holzstab – Thore hat echt an alles gedacht – rühre ich darin herum, bis aus dem schlichten Blau ein strahlendes Hellblau geworden ist.

Kaum habe ich den Pinsel in die Farbe eingetaucht, vernehme ich hinter mir Geräusche. Ich drehe mich um und entdecke gegenüber im Gebüsch Hendrik, Jojo, Güni und Zwirbel. Sie stehen in gebückter Haltung dicht aneinandergedrückt und kriegen sich kaum noch ein.

Während der Pinsel in meiner Hand quasi wie von selbst über die Mauer gleitet, freue ich mir ein zweites Loch in den Bauch. Mein Plan geht gerade so was von astrein auf – die vier Dusselköppe drüben im Gestrüpp sind mehr als mächtig beeindruckt.

Aber das reicht mir noch nicht. Ich muss dem Ganzen noch die absolute Mutproben-Krone aufsetzen. Also lasse ich den Pinsel in den Eimer sinken und marschiere schnurstracks rüber zum Buschwerk.

»Hey, Leute, warum hockt ihr denn hier so herum? Ist doch bestimmt total unbequem, oder?«

Hendrik fallen fast die Augen aus dem Kopf. Güni und Zwirbel kichern leicht hysterisch und Jojo, tja, Jojo ist der einzige, der mich ziemlich misstrauisch mustert.

»Irgendetwas stimmt hier doch nicht?«, raspelt er.

»Was meinst du damit?« Ich zucke scheinheilig die Achseln. »Dass ihr wie die Affen im Gebüsch hockt, oder was kommt dir sonst noch komisch vor?«

Jojo wird kreidebleich und dann rot. Dunkelrot.

»Für den Spruch bringe ich dich um!«, faucht er mich an. »Du bluffst doch nur!«

»Da mach ich mir aber vor Angst in die Hosen!«, lache ich. Obwohl – hat heute Nacht in diesem total wirren Traum nicht auch irgendeiner damit gedroht, mich umzubringen? Hm, ich erinnere mich nicht mehr so genau. Nur daran, dass es ein ziemlich abgefahrener Traum war. Jetzt habe ich jedenfalls eine Mission und die lautet: Rettung des Super-Jumper-Zuhauses!

»Jojo, halt gefälligst die Klappe. Oder willst du zusammen mit Tarik auffliegen, wenn hier gleich einer auftaucht und mitkriegt, was der treibt?«, ranzt Hendrik ihn an.

Jojo antwortet nicht. Stattdessen tötet er mich mit seinen Blicken.

Ich quittiere es mit einem fiesen Grinsen und setze dann noch einen drauf.

»Wenn du meinst, das Ganze ist nur ein Bluff, dann komm doch aus deinem Gebüsch gekrabbelt und leiste mir drüben bei der Arbeit Gesellschaft. Ich könnte gut noch Unterstützung gebrauchen. Schließlich will ich die ganze Wand in einheitlichem Hellblau strahlen sehen.«

Jojo brummt irgendetwas vor sich hin – kein Plan was, aber es ist bestimmt nichts Nettes.

»Na dann«, ich tippe mir mit dem Zeigefinger an eine imaginäre Hutkrempe. »Wenn keiner von euch Lust hat, mir ein wenig zu helfen, dann besorge ich mir halt einen breiteren Pinsel. Oder, nee, eine Farbrolle ist bestimmt noch besser. Mal schauen, ob die mir drüben auf dem Wertstoffhof weiterhelfen können.«

»Wie jetzt?«, kräht Hendrik. »Du willst da rübergehen und fragen, ob sie 'ne Farbrolle für dich haben? Dann kriegen die doch mit, dass du gerade die Mauer beschmierst?!«

»Worauf du Gift nehmen kannst!«, grinse ich und marschiere davon.

Ich finde Kulle bei dem grauen Container mit der Aufschrift METALL. Er fischt gerade eine Art Skelett heraus. Kein Plan, was das mal dargestellt hat, aber so wie Kulle grinst, muss es ein sensationeller Fang sein.

»Hey Kulle«, begrüße ich ihn.

Er fährt zu mir herum und grinst noch breiter. »Tarik, wie cool ist das denn? Hast du es dir also doch noch mal überlegt?«

Ich nicke und er hebt die Hand zum High Five.

Doch ich schlage nicht ein. »Wäre nicht verkehrt, wenn nicht *jeder* mitbekommen würde, dass wir uns gut kennen.«

»Okay«, sagt Kulle gedehnt. »Ich bin mir sicher, du erklärst mir bei passender Gelegenheit noch mal in Ruhe, wie es zu unserer flüchtigen Wertstoffhofbekanntschaft gekommen ist?«

Ich nicke. »Garantiert! Aber jetzt brauche ich dringend 'ne Farbrolle. Mit den Pinseln, die Thore besorgt hat, bin ich in drei Tagen noch nicht fertig.«

Das liebe ich so an Kulle – er stellt keine lästigen Fragen. Er wandert einfach nur zielstrebig davon, verschwindet im Wagen der Wertstoffhof-Mitarbeiter und kommt wenige Momente später mit einer extragroßen Rolle zurück.

»Hier, die ist fast neu. Echt bescheuert, was die Leute so alles wegwerfen.«

Ich nehme sie ihm ab, hebe locker die Hand zum Gruß und bin auch schon wieder auf dem Weg zurück zum Bauhof.

Hendrik und Konsorten kauern noch immer im Gebüsch. Es ist geradezu lächerlich, dass von diesen albernen Gestalten eine ernsthafte Bedrohung für uns Super Jumper ausgehen soll.

»Ihr könnt echt aus eurem Versteck rausgekrochen kommen«, rufe ich ihnen im Vorbeigehen zu. »Es haben längst alle mitgekriegt, dass ich die Mauer bepinsele. Ich hab denen nämlich 'ne astreine Geschichte aufgetischt: Dass die Stadt mir einen Ferienjob gegeben hat, weil wir doch so viele Kinder zu Hause sind und so 'n Gejammer.«

Hendrik scheint wirklich beeindruckt. »Du bist schon ein verrückter Hund. Total abgebrüht!« Er sagt das mit echter Anerkennung. Was Jojo null behagt, denn sein Blick wird noch finsterer.

Aber ich schere mich einen feuchten Kehricht um seinen dusseligen Gesichtsausdruck und trabe rüber zu der Mauer.

Mit der Farbrolle klappt es dann auch gleich viel besser. Ruckzuck habe ich den ersten Abschnitt fertig angestrichen. Schönes, gleichmäßiges Hellblau. Gähnend langweilig, null kreativ. Aber im Moment geht es nicht um mich und meine Wünsche, das habe ich jetzt kapiert. Es geht nicht einmal darum, dass ich gerade nichts weiter als ein Anstreicher bin und mir dadurch bestimmt keinen Namen als Künstler machen werde.

All das zählt nicht.

»Wir hauen dann mal wieder ab.« Hendrik hat sich tatsächlich aus seinem peinlichen Versteck herausgewagt. Mit etwas Abstand, damit er sich wohl im Zweifelsfall möglichst schnell aus dem Staub machen kann, steht er da und glotzt mich bewundernd an.

»Ich komme mit«, beeile ich mich zu sagen.

»Wir haben aber noch was zu erledigen. Dabei können wir dich nicht gebrauchen«, giftet Jojo mich an.

Ich ignoriere ihn einfach und wende mich direkt an Hendrik. »Ich habe meinen Teil der Abmachung erfüllt. Jetzt bist du dran.«

Hendrik hakt mich unter und zieht mich ein paar Schritte zur Seite hinter die Mauer.

»Okay«, raunt er mir zu. »Du hast die Aufnahmeprüfung bestanden, Tarik.«

Ich nicke, während ich ihn erwartungsvoll anstarre.

»Und nun?«

»Was, und nun?«

»Na ja, wo wollt ihr jetzt hin? Ich meine, wo wollen *wir* jetzt hin?«

»Du willst wissen, wo wir die Geige von deinem ehemaligen Kumpel haben?«, flüstert Hendrik.

»Ja, denn du hast ja versprochen, keine Geheimnisse mehr!«, sage ich und halte die Luft an.

Ich höre jemanden mit dem Fuß über den Boden scharren. Nur sehr leise. Trotzdem macht es mich nervös. Schließlich bin ich ganz, ganz kurz davor, das Zuhause der Super Jumper zu retten.

»Na gut, machen wir es gemeinsam.« Hendrik schaut mich erwartungsvoll an. »Bist du bereit dafür?«

Ich nicke. Darauf habe ich schließlich gewartet.

»Ja. Alles klar. Ich bin total bereit!«, antworte ich und beiße die Zähne zusammen. Ich bin so aufgeregt, so dermaßen angespannt, dass ich ...

»Sag mal, Tarik Schwachkopf, für wie blöd hältst du mich eigentlich?«, verhöhnt Hendrik mich plötzlich.

Ich zucke zusammen, als ob er mir einen fiesen Schlag in den Nacken verpasst hätte.

»Wie-wie ... was meinst du damit?«

Hinter uns lachen die drei anderen boshaft im Chor, während Hendrik nun tatsächlich meinen Nacken umfasst und fest zudrückt. So mies, dass ich glatt in die Knie gehe.

»Aua, ey, was soll das? Lass los, das tut weh«, jammere ich.

Hendriks Lache klingt dreckiger als die dunkelste Schlammpfütze. »Ich hab ja schon immer gewusst, dass du verdammt wenig Hirn hast, Türke!«, spottet er.

Dann verpasst er mir einen heftigen Stoß. Ich torkele nach vorne, schlittere auf den Knien über das graue Pflaster und lande schließlich der Länge nach auf dem Bauch.

Verdammte Pampe, das tut echt fies weh. Aber ich lasse mir nichts anmerken – auch wenn sich inzwischen der Kloß in meinem Hals in eine fette Kröte verwandelt hat. Ich rappele mich wieder auf und blicke Hendrik fest in die Augen.

»Viel weniger Hirn als du und deine dämlichen Schattengreifer habe ich bestimmt nicht«, fauche ich ihn an.

Mein Plan ist gescheitert, das ist nun leider absolut sicher.

Aber wenn schon verlieren, dann wenigstens mit Würde, finde ich.

»Bist wohl enorm auf Schläge aus, was?«, keift Hendrik und seine Augen schießen Eiszapfen auf mich ab. »Kannst du haben! Locker und völlig umsonst!«

Ich spucke die Kröte aus und nehme mein Herz in die Hand. »Wenn du dich traust, dann schlag doch zu!« Ich balle die Fäuste. »Aber nur wir zwei. Mann gegen Mann. Und wer am Ende gewinnt, der bekommt alles!«

»Was du nicht sagst!«, prustet Hendrik. »Du willst also wirklich noch 'ne gebrochene Nase kassieren, bevor du *alles* verlierst?!«

»Wir werden ja sehen, wer von uns beiden am Ende mit 'ner blutenden Nase und leeren Händen dasteht«, biete ich ihm Paroli.

Auch wenn ich im Vergleich zu ihm körperlich nur ein Fliegenschiss bin, so schnell gebe ich nicht auf.

Hendrik krempelt die Ärmel hoch. »Okay, meine Faust sagt, sie will unbedingt in dein Gesicht!«

Doch dazu kommt es nicht. Denn in diesem Moment – keinen Augenblick zu spät! – ertönt hinter uns ein lautes Gebrüll. Sekunden später haben sich Luc, Justus, Buddy, Nico und Sami um uns herum aufgebaut. Ich weiß nicht, woher die so plötzlich gekommen sind, aber ich kann mich nicht erinnern, wann mich der Anblick meiner Super-Jumper-Freunde jemals glücklicher gemacht hat.

Luc drängt sich zwischen Hendrik und mich. »Das passt mal wieder zu euch Feiglingen, Schwächere zu verprügeln.«

Hendrik ist eindeutig irritiert. Ich kann ihn zwar nicht sehen, weil Luc davor steht, aber ich höre es an seiner Stimme.

»Was mischst du dich da ein? Die Sache geht nur Tarik und mich etwas an.«

»Falsch, du Pfeife, wenn Tarik von jemandem dumm angemacht wird, dann geht mich das sehr wohl etwas an«, kontert Luc eiskalt.

»Soso, einer für alle, alle für einen, oder so 'n Blödsinn. Vielleicht interessiert es dich ja, dass der kleine Türke mich gerade angebettelt hat, aus ihm einen Schattengreifer zu machen.«

Luc lacht verächtlich auf. »Oh ja, ich hab davon gehört. *Schattengreifer*, wer hat sich den bekloppten Namen denn einfallen lassen?«

»Auf ihn mit Gebrüll!«, schreit Zwirbel und will sich auf Luc stürzen. »Niemand macht sich über uns lustig!«

Doch Sami pflückt ihn aus der Luft und stellt ihn wieder auf die Beine, bevor sein Windzug Luc auch nur streifen kann.

Zwei, drei Bewegungen, dann haben sich Nico, Justus und Buddy um Jojo postiert, der zwar breit ist wie 'ne Mauer, aber anscheinend den Mut einer Wühlmaus hat.

»Ich hab damit nichts zu tun«, beteuert er und plötzlich klingt seine Stimme ganz hell und piepsig.

»Dann verzisch dich!«, rät Sami ihm.

Das lässt sich der angeblich so knallharte und unerbittliche Jojo nicht zweimal sagen. Er sprintet regelrecht davon. Gefolgt von Güni und Zwirbel. Nur Hendrik bleibt zurück.

»Okay, Hendrik, wenn du jetzt ausspuckst, wo du die Violine versteckt hast, dann lassen wir dich gehen«, schlägt Luc vor.

Hendrik wischt sich seine Hände an den Hosenbeinen ab und tanzt nervös auf der Stelle. Aber er bricht nicht ein.

»Bestimmt nicht! Sonst habe ich doch heute Nachmittag um vier nichts mehr, was ich gegen euren heiß geliebten Hexenkessel und die krasse Hütte eintauschen kann. Du erinnerst dich bestimmt, wir haben einen Vertrag.«

»Der hiermit seine Gültigkeit verliert, weil du jetzt auf der Stelle die Violine rausrückst. Ansonsten kassierst du die Prügel deines Lebens«, prophezeit Luc ihm.

Doch Hendrik beeindruckt das herzlich wenig. Mit einem überheblichen Grinsen erklärt er: »Schön dumm von euch, dass ihr die anderen einfach so abziehen lassen habt. Wenn ihr mir nämlich nur das kleinste Härchen krümmt, dann landet Justus' dummes Geigenteil auf Nimmerwiedersehen im Tonkuhlensee. Jojo, Zwirbel und Güni sind gerade auf dem Weg zu dem Versteck und wissen ganz genau, was im Ernstfall zu tun ist.«

Luc holt tief Luft. Er plustert sich auf wie ein Strauß, erreicht seine dreifache Größe, während seine Augen vor Zorn glühen.

»Rede keinen Scheiß!«

Hendrik zuckt die Schultern. »Willst du es darauf ankommen lassen?«

»Nein, das wollen wir nicht!«, sagt Justus ernst. »Wir halten uns an die Vereinbarung.«

Und während Hendrik mit erhobenem Haupt und breitbeinig wie der Oberking langsam davonschlappt, stehen wir einfach nur da und gaffen ihm hinterher.

Bevor wir noch richtig Luft holen können, klingelt das Handy in Justus' Hosentasche. Und als wir ihn mit bedrückter Stimme sagen hören: »Oh, hallo, Papa, du kommst schon früher zurück als geplant?«, da ahnen wir, dass wir den Hexenkessel und unser Chill House verloren haben. Es sei denn, es geschieht noch ein Wunder!

Kapitel 14

Die Familie hält zusammen

Ich sehe, wie der Schatten um die Ecke verschwindet, und im nächsten Moment fließen alle Geräusche der Welt in meinem Körper zusammen. Sie werden zu einem tiefen, immer kräftiger werdenden Ton – meinem Herzschlag.

Bumm! Bumm! Bumm!

Drei kraftvolle und zu allem entschlossene Tritte, dann habe ich die Hausecke erreicht. Ich verstecke mein Rad und konzentriere mich.

Die anderen sind nicht mitgekommen. Justus hat gemeint, es sei sinnlos. Sein Vater sitzt schon im Taxi vom Flughafen nach Hause, und wenn sich gleich die Violine nicht wieder an ihrem Platz befindet, dann kann er schon mal die Tickets nach Bayern ins Internat buchen.

»Ich will nicht riskieren, dass die Schwachmaten am Ende die Violine aus lauter Boshaftigkeit doch noch im See versenken«, hat Justus gemeint und ja, ich kann ihn verstehen.

Und auch wiederum nicht! Denn er hat auch gesagt, dass er auf gar keinen Fall möchte, dass wir seinetwegen den Hexenkessel und unser Chill House verlieren – lieber geht er freiwillig ins Internat.

Verflixte Pampe, aus dem soll mal einer schlau werden.

Ich habe auf jeden Fall beschlossen, alles zu versuchen, um das zu verhindern.

A.L.L.E.S.

Und noch was will ich euch sagen, Leute: Selbst wenn wir diesen Hohlbirnen von Schattengreifern unseren Hexenkessel überlassen, und die es sich in unserem Chill House furzgemütlich machen – ARGH! –, glaube ich nicht daran, dass sie uns in Ruhe lassen werden. Als nächstes wollen die sich womöglich unsere Bikes krallen. Irgendetwas Hinterhältiges wird ihnen schon einfallen, damit sie ihr Ziel erreichen. Solche Typen geben niemals Ruhe. Die sind wie mein Traum – ein absoluter Albtraum!

»Denen haben wir es aber gezeigt«, höre ich eine Stimme triumphierend sagen.

In bis zum äußersten angespannter Haltung schleiche ich vorwärts, luge um die Hausecke und starre auf drei Rücken. Zwei schmale, ein ziemlich breiter. Güni, Zwirbel und Jojo. Von Hendrik keine Spur.

»Ja, wir haben die ordentlich das Fürchten gelehrt!«, behauptet Zwirbel.

Das Fürchten gelehrt? Weggelaufen sind die! Wie feige Ratten haben sie sich aus dem Staub gemacht. Aber es jetzt so hinzudrehen, dass passt total zu diesen Aufschneidern.

Die drei stehen vor einer Blechtonne. Wenn ich das richtig sehe, dann versucht Jojo gerade, ein Feuer in der Tonne zu entfachen. Halten die sich etwa für Gangster-Rapper irgendwo in der Bronx? Wie lächerlich ist das denn?

»Ey, pass doch auf. Jetzt hab ich 'nen Funken abbekommen«, motzt Zwirbel Jojo an. »Die Jacke ist neu. Meine Mutter wird echt sauer, wenn ich die gleich wieder einsaue.«

»Mach dir mal nicht so ins Hemd«, ranzt Jojo zurück. »Außerdem hab ich dir bestimmt nicht gesagt, dass du mir so dicht auf die Pelle rücken sollst, Junge!«

Ich höre ein Kratzen und Schaben. Einen Atemzug später öffnet sich eine der Seitentüren, die vom Garagenhof in die Wohnblöcke führen.

»Da bist du ja endlich, Hendrik!«, ruft Güni erleichtert.

»Habt ihr mich etwa schon vermisst?« Hendriks Stimme klingt bissig. »Komisch, denn vorhin hatte ich fast das Gefühl, ihr konntet euch gar nicht schnell genug aus dem Staub machen.«

»Henne, ey, das war echt doof von uns«, beginnt Jojo sich halbherzig zu entschuldigen. »Aber du hast es ja alleine ...«

»Chief!«, faucht Hendrik. »Du sollst mich, verdammt noch mal, Chief nennen! Kapier es doch endlich!«

Der breite Möchtegern-Gangster-Rapper sackt regelrecht in sich zusammen. Mannomann, und der soll wirklich schon von zwei Schulen geflogen sein? Ich halte das für ein Gerücht, das wahrscheinlich niemand anderes als er selbst verbreitet hat.

»Tut mir leid«, jault er jetzt auch prompt wie ein Baby, dem man den Schnuller weggenommen hat.

»Hör gefälligst auf, dich ständig zu entschuldigen, und marschier lieber los und hol die verdammte Geige aus dem Versteck, damit ich sie nachher vor Justus-Schnöselarschs Augen verbrennen kann. Alter, wird der dämlich gucken. Ich freu mich jetzt schon drauf!«

»Aber-aber«, winselt Jojo. »Was ist mit der Bikerstrecke und der coolen Holzhütte? Wenn wir denen nicht die olle Geige zurückgeben, dann ...«

Hendrik fällt ihm dreckig lachend ins Wort. »Jojo, Jojo, du musst echt noch viel lernen. Ihre dämliche Bikerstrecke können die sich doch locker an die Glatze nageln. Was sollen wir damit? Uns im Matsch suhlen? Bestimmt nicht! Und was die Hütte oben im Gebüsch betrifft, die werden wir sowieso wieder schrotten.«

»Wieder schrotten?«, fragt Jojo.

»Haben wir schon mal gemacht«, klärt Güni ihn mit einem selbstgefälligen Grinsen auf. »Das macht voll Bock! Und die Dummis sind bis heute nicht dahinter gekommen, dass wir das waren. Voll krass, was?!«

Ich wusste es! Ich habe es schon damals gewusst: Hendrik und seine beiden Mitläufer haben unser Chill House zerstört. Ich bin so wütend, ich zittere vor Zorn. Am liebsten möchte ich mich auf Hendrik stürzen und ihm das überhebliche Grinsen für alle Zeiten aus dem Gesicht prügeln.

Doch dazu ist jetzt nicht der richtige Zeitpunkt. Wenn ich eins in den letzten Stunden gelernt habe, dann ist es, meine Wut unter Kontrolle zu halten und lieber erst mal nachzudenken, anstatt gleich abzugehen wie ein Zäpfchen. Also atme ich tief durch und noch mal und noch mal, und dann schleiche ich hinter Jojo her – und fasse es nicht, er führt mich direkt zurück zu der Stelle, an der ich mein Bike abgestellt habe.

Wow, wenn das kein gutes Omen ist!

Mir geht es gut. Nein, was sag ich da? Mir geht es gigantisch genial gut! Wenn mir heute Morgen jemand gesagt hätte, dass dies der beste Tag meines Lebens werden würde, ich hätte ihn glatt für verrückt erklärt.

Leute, ich habe soeben Jojo die wertvolle Violine von Justus' Vater abgenommen. Das Ganze hat keine Minute gedauert. Jojo ist im Keller eines der Mehrfamilienhäuser verschwunden, und als er die Treppe wieder hinaufgeeiert kam, habe ich ihm so blitzschnell den Koffer mit der Violine entrissen, dass er es im ersten Moment nicht mal geschnallt hat. Erst als ich mich auf mein Bike geschwungen habe und losgeschossen bin, hat er sich fluchend in Gang gesetzt. Aber da war ich längst verschwunden.

Heilige Pampe, das war echt sensationell!

Ich bin so happy, so erleichtert, so ...

Aua, was soll das?

Irgendetwas hat mich an der Backe getroffen. Ich steige in die Bremsen. Sehe mich atemlos um, doch da ist niemand.

Vorsichtig befühle ich mein Gesicht. Alles okay. Ich blute nicht mal. Aber was war das? Das Surren hat sich nach einer Schleuder angehört.

Noch einmal schaue ich mich nach allen Seiten um, dann schwinge ich mich wieder auf mein Bike und strampele los. Sehr weit bin ich noch nicht gekommen, als eine eiskalte Stimme mich erneut ausbremst.

»Du hast etwas, das mir gehört, Türkenjunge!«

Hendrik. Verdammt. Wie um alles in der Welt ist der so schnell hierhergekommen?

Das ist doch unmöglich!

»Ja, da staunst du«, höhnt er, als ob er meine Gedanken erraten hätte. »Ich hab dich gesehen, längst hab ich dich gesehen und mir einen Spaß daraus gemacht, wie du dich gefreut hast. Verdammt, bist du ein kleines, dummes Kerlchen. Früher hab ich immer gedacht, Fettbacke Buddy sei das perfekte Opfer, aber hallo, du bist ja noch viel besser dafür geeignet!«

Meine Güte, der Typ hat doch eindeutig einen Sprung in der Schüssel. Wie krank ist der eigentlich?

»Na los, kleiner Türkenjunge, fahr um dein Leben!«, fordert er mich jetzt auf.

Ich starre ihn an. Für einen Augenblick bin ich wie erstarrt. Dann geht endlich ein Ruck durch meinen Körper und ich gebe Gas.

Doch der kurze Moment des Zögerns ist mir zum Verhängnis geworden. Ich bin umzingelt.

Wild schaue ich um mich. Tatsächlich, eine Lücke gibt es. Doch dazu muss ich fliegen. Bisher ist mir das nur im Hexenkessel gelungen. Streetbiken ist absolut nicht mein Ding. Luc, ja, Luc beherrscht das. Luc beherrscht alles. Aber ich doch nicht.

Hendrik und seine Mitläufer kommen bedrohlich schnell näher. Gleich haben sie mich und dann werden sie mindestens Hackfleisch aus mir machen ... Ich muss es wagen! Auch wenn ich mir sämtliche Knochen dabei breche und es mein Future-Bike in tausend Einzelteile zerlegt.

Trau dich, Tarik, versuch es! Es gibt keinen anderen Ausweg!

Also trete ich in die Pedale, so kräftig wie nie. Hänge mich voll rein, spanne die Muskeln an, spüre die Kraft, den festen Willen – und reiße die Lenkstange hoch.

Für einen Moment denke ich wirklich, ich fliege. Als könnten mein Future-Bike und ich für alle Zeiten durch die Luft schweben. Oh ja ... auch über die Mülltonnen, die es zu überwinden gilt, um den fiesen Klauen von Hendrik und seinen Anhängseln zu entkommen.

Und dann lande ich nur winzige Zentimeter dahinter auf meinen Reifen.

»Yeah!«, brülle ich. »Yeah, ich hab's geschafft!«

Ein Blick über meine Schulter – Hendrik steht da und starrt mich fassungslos an.

»Alter, habt ihr das gesehen?«, grölt Jojo. »Das war der absolute Oberhammer! Wie der geflogen ist. Als ob er Flügel hätte!«

Noch einmal strecke ich die Hand in die Luft und rufe laut: »Juchhuuu!«, dann düse ich ab.

Ich erreiche die Villa Steinberg zeitgleich mit einem Taxi, aus dem in nächsten Moment Justus Vater aussteigt.

Ganz oben auf der Treppe steht Justus selbst. Elendig blass und schmal. Ich winke ihm zu. Doch er sieht mich nicht. Starrt nur stur zu seinem Vater.

»Justus, hey, Justus«, rufe ich.

Endlich nimmt er mich wahr. Doch begeistert sieht anders aus – er gibt mir mit einer eindeutigen Handbewegung zu verstehen, dass ich mich gefälligst verzischen soll.

Aber den Gefallen tue ich ihm natürlich nicht. Ich hüpfe von meinem Bike und will mir gerade den Violinenkoffer vom Gepäckträger krallen. Doch was ist das?

Weg! Er ist weg! Ich muss ihn unterwegs verloren haben. Verdammt, ich fasse es nicht. Doch hoffentlich nicht bei meinem Jump über die Mülltonnen?!

Schande aber auch, dann ist die Violine jetzt mit tausendprozentiger Sicherheit wieder in Hendriks dreckigen Klauen.

Ich könnte heulen. Alles umsonst, alles war absolut umsonst. Ich bin die größte Niete aller Zeiten. Was immer ich auch anpacke, es geht in die Hose. Künstler will ich sein und verbocke es. Meinen Super Jumpern den Hexenkessel ret-

ten – und ich verbocke es. Justus vorm Internat bewahren – und ich verbocke es.

Gibt es eigentlich irgendetwas, das mir gelingt?

Das Taxi fährt an mir vorbei. Der Fahrer winkt mir durch die Scheibe zu. Es ist Onkel Merdan, der Bruder meiner Mutter.

Er stoppt, lässt die Scheibe herunter und grüßt mich erstaunt. »Was machst du denn hier, Tarik?«

Doch ich habe keine Zeit für Höflichkeitsfloskeln oder lange Erklärungen. Eine winzig kleine Hoffnung gibt es nämlich noch, dass ich den Violinenkoffer vielleicht erst auf der Straße, die an der Gärtnerei von Lucs Eltern vorbei zur Villa Steinberg führt, verloren haben könnte.

»Onkel Merdan, kannst du bitte, bitte die Straße abfahren und gucken, ob dort ein Violinenkoffer liegt?«, flehe ich meinen Onkel an. »Die Geige ist sehr wertvoll!«

Onkel Merdan starrt mich zwar ziemlich perplex an, aber er nickt und fährt sofort los. So abrupt, dass ich es nicht mehr auf den Beifahrersitz schaffe und zurückbleiben muss. Mist!

Doch keine drei Minuten später kommt das Taxi wieder die Einfahrt hinaufgefahren.

»Und?«, rufe ich aufgeregt, kaum dass mein Onkel die Scheibe heruntergelassen hat.

»Meinst du den hier?«, fragt er und deutet auf den Sitz neben sich, auf dem tatsächlich der Violinenkoffer liegt.

Unglaublich, manchmal ist das Schicksal doch gut zu mir.

»Ja!«, schreie ich los und würde Onkel Merdan am liebsten umarmen. »Ja! Ja! Ja! Das ist er.«

»Seit wann spielst du denn Geige?«, will mein Onkel wissen. »Ist dein Vater nicht viel zu ... sparsam dafür?«

Ich winke ab. »Ich doch nicht. Mein Freund Justus, der Sohn von dem Mann, den du gerade hierhergefahren hast, spielt Violine.«

»Aha«, sagt mein Onkel und will mir den Koffer durch die heruntergelassene Scheibe reichen. »Und warum liegt der Koffer dann auf der Straße herum? Vor allem, wenn sie so wertvoll ist?«

Wenn Onkel Merdan ahnen würde, *wie* wertvoll sie ist, dann würde ihn glatt der Schlag treffen. Deshalb verrate ich es ihm lieber nicht. Außerdem habe ich jetzt keine Zeit für lange Gespräche. Die Violine muss in die Villa zurück und zwar möglichst so, dass der Verdacht nicht auf Justus fällt.

Und ich hab auch schon eine Idee – eine verrückte, aber gut möglich, dass es klappt. Ich muss es einfach versuchen.

»Kannst du mir bitte, bitte noch einen weiteren Gefallen tun, Onkel Merdan?«

Mein Onkel kräuselt die Stirn. »Und der wäre?«

»Kannst du den Koffer an der Haustür abgeben und behaupten, der Fahrgast hätte ihn im Taxi vergessen?«

»Was? Nein, das geht doch nicht«, winkt mein Onkel ab.

»Bitte!«, flehe ich ihn an. »Es ist wirklich wichtig. Superlebenswichtig!«

Onkel Merdan atmet tief durch und sieht mich sehr zweifelnd an. Aber schließlich nickt er. »Ungern, Tarik, ich lüge wirklich sehr ungern. Aber wenn du in Schwierigkeiten steckst, dann helfe ich dir natürlich. Die Familie muss zusammenhalten. Immer!«

Am liebsten würde ich meinem Onkel jetzt wirklich jubelnd um den Hals fallen. Aber ich kann mich gerade noch beherrschen.

Kapitel 15

Yeah! Ich stehe in der Zeitung!

Junger Graffitikünstler sprüht im Auftrag der Stadt

Der jugendliche Graffitikünstler Tarik Toprak aus Sallstadt hat eine Betonmauer an der Nebelstraße in ein Kunstwerk verwandelt: Firmenwerbung wird im Graffiti-Stil aufgesprüht. Stadt und Sponsoren machen's möglich.

Sprühdose her und zisch! Der Bauhof in der Nebelstraße muss sich nicht mehr länger hinter einer unansehnlichen Betonwand verstecken.
Ein junger und sehr vielversprechender Künstler hat damit begonnen, die Straßenseite der 40 Meter langen Mauer im Graffitistil mit frischen Farben aufzupeppen und zum Hingucker zu machen.
Vier örtliche Firmen haben sich als Sponsoren zur Verfügung gestellt, wollen mit Werbemotiven auf der Mauer Reklame für sich machen. Der junge Graffitisprayer wird dieser Reklame künstlerischen Anspruch verleihen.
»Tarik geht mit großem Spaß daran und wir stimmen natürlich alles mit den Sponsoren und der Stadtverwaltung ab«, versichert uns Hassan Toprak, der Vater des jungen Künstlers, am Mittwoch beim Pressetermin vor Ort.

Die vier Firmen, die sich auf der Mauer verewigen lassen, sind das Unternehmen Hilde Besserkorn, die Sallstädter Gemeinnützige Wohnungsgesellschaft, Radio Tonkuhle sowie das Stahldrahtwerk Meierding. Zwei Teilflächen von je zwei mal zwei Metern sind noch frei. Interessenten melden sich beim Bauamtsleiter, Herrn Olaf Beutel, unter der Telefonnummer der Stadtverwaltung.
Der Anstoß zu dieser tollen Sprühaktion kam übrigens von Fahrradmechaniker Torsten Kuhlmann, der den Sallstädtern wohl besser als »Kulle« bekannt ist. Seine Idee und das große Talent des jungen Künstlers begeisterten die Stadt, die als Eigentümer der Mauer das Thema gerne aufgriff. Sie ließ das Betonbauwerk sandstrahlen und vorstreichen und ist ebenso von einem Erfolg der Graffitiaktion überzeugt wie die Sponsoren und der Künstler selbst.

Klaus Praus – Sallstädter Allgemeine

»Du stehst in der Zeitung, Tarik!«

Luc rammt mir seinen Ellbogen in die Seite. »Sogar mit Foto!«

»Echt?« Ich reiße ihm das Teil regelrecht aus den Fingern. Blättere und blättere und entdecke nichts.

»Wo denn?«, rufe ich ungeduldig.

Luc grinst. »Nun mal ganz locker bleiben und nicht gleich wieder abgehen wie 'nen Chinaböller, Junge.«

Ich erwidere sein Grinsen und schalte innerlich einen Gang runter.

»Ist ja schon gut …«

»Geht doch«, freut sich Luc und blättert Seite für Seite wieder zurück.

Ich kann es nicht glauben, mir bleibt locker und für alle Zeiten die Luft weg, ich bin platter als 'ne Flunder: Ich, Tarik Toprak, habe es tatsächlich auf die *erste* Seite der Sallstädter Allgemeinen Zeitung geschafft. Und zwar riesig groß!

»Meine Mutter sagt, du wirst dich jetzt bestimmt vor Anfragen kaum noch retten können. Bei der super Werbung.«

Ich höre ihm nur mit halbem Ohr zu. Immer wieder lese ich den Bericht und könnte vor Stolz und lauter Glück tatsächlich abheben wie ein Tornado.

»Erde an Tarik, Erde an Tarik«, amüsiert sich Luc. »Kannst du dich bitte mal wieder zurück in die reale Welt beamen?«

»Ähm ... was hast du gesagt?«, brumme ich.

»Puh!«, seufzt Luc. »Dann wird sich jetzt wohl so einiges ändern.«

»Was? Ich meine, warum?«

»Na ja, wenn du jetzt nur noch auf dem Künstlerplaneten unterwegs bist, dann bleibt wohl kaum noch Zeit, um mit deinen besten Freunden 'nen höllischen Ritt durch den Hexenkessel zu machen.«

»Wer sagt das?«

»Ich!«

»Wollen wir wetten?«

»Um die Ehre?«

»Um die Ehre!«

»Okay! Dann bei drei!«, sagt Luc.

»Bei drei oder nach drei?«, frage ich nach, als hätte ich

ihn nicht richtig verstanden. Aber in Wirklichkeit brauche ich einfach noch einen klitzekleinen Moment, um mich vom Künstler Tarik in den Biker Tarik zu verwandeln. Wobei das natürlich voll der Blödsinn ist, denn ich bin beides – immer und zugleich.

»Bei drei!«, erwidert Luc. »Okay?«

»Okay!«, nicke ich.

»Die Regeln sind klar?«, erkundigt sich Luc.

Erneut nicke ich. »Wer zuerst den Flatterhügel erreicht, spendiert dem anderen 'ne Cola.«

»Hä? Ich dachte, um die Ehre?« Luc runzelt grinsend die Stirn.

»Hab's mir gerade anders überlegt, 'ne Cola sollte für mich schon dabei rausspringen.«

»Hey, du Angeber! Nur weil du verrückter Kerl es tatsächlich geschafft hast, Justus' Vater die Violine so unterzujubeln, dass der an seinem Verstand gezweifelt hat und Justus damit tatsächlich aus dem Schneider war, heißt das noch lange nicht, dass dir zukünftig alles gelingt!«

»Wenn du es sagst«, grinse ich.

Luc erwidert mein Grinsen. »Ich gewinne und du wirst vor mir ehrfürchtig in die Knie gehen.«

»Na dann«, lache ich laut. »Fang endlich an zu zählen. Oder soll ich?«

»Vergiss es. Ich zähle. Wie immer!«

»Aber wir könnten es heute doch auch mal anders machen!«, schlage ich vor.

»Das heißt, du willst zählen?«

Ich atme tief durch und werfe einen letzten Blick auf den Zeitungsartikel, der in der Mitte des kleinen braunen Holztischs in unserem Chill House liegt. Normalerweise findet man dort immer Donuts und andere Backwaren. Aber Buddy ist für die letzte Herbstferienwoche mit seiner Mutter nach Mallorca geflogen. Also müssen wir ein paar Tage ohne das süße Zeug auskommen. Aber das schaffen wir locker. Auch wenn Buddy immer behauptet, Zucker ist gut für die Nerven.

»Nee, nee, Luc, das mit dem Zählen ist dein Ding«, erkläre ich schließlich. Es hat sich zwar in meinem Leben so einiges geändert, aber an unseren Super-Jumper-Ritualen will ich echt nicht rütteln.

Luc grinst. »Dann geht es jetzt los. Okay?«

»Okay!«

»Eins. Zwei ... und drei!«, ruft Luc und startet durch.

Ich springe vom Sitzkissen auf, stürme zur Tür, zerre den Helm vom Lenkrad, stülpe ihn mir über und schiebe das Future-Bike auch schon im Affentempo runter zur Startrampe des Hexenkessels.

Luc und ich liefern uns ein Kopf-an-Kopf-Rennen. Zeitgleich schwingen wir uns auf die Sättel und treten in die Pedale. Nach wenigen Metern gelingt es mir, mich seitlich an Luc vorbei zu drängen. Doch am nächsten Hügel hat er mich wieder eingeholt.

Luc und ich geben noch mehr Gas. Wir schießen den nächsten Berg hinab und erreichen die gefährliche 90-Grad-Kurve, aus der wir schon so oft rausgedriftet sind. Jetzt hat Luc

Sallstädter Allgemeine
Junger Graffiti-Künstler
sprüht im Auftrag der Stadt

die Nase vorn. Aber ich klebe an seinem Hinterrad. Das ist riskant, denn wenn es ihn umhaut, reißt es mich auch mit. Der Bogen führt aus der Senke hinaus und zurück auf die nächste Kuppe. Hier müssen wir super vorsichtig sein, weil es seitlich steil nach unten abgeht. Wenn's schlecht läuft, gerät man hier mächtig ins Schlittern und landet am Ende im pechschwarzen Hexenkesseltümpel.

Aber heute läuft es grandios für mich, denn ich ahne jede Bewegung meines Gegners voraus. Ich weiß ganz genau, was Luc denkt, tut, wie er reagiert. Meistens nützt mir das dennoch nichts, denn Luc ist unser unumstrittener Super-Jumper-Hexenkesselbezwinger. Aber heute, mit so viel positivem Zeitungsartikelwind im Rücken, schaffe ich es noch vor der nächsten Anhöhe an ihm vorbei.

Luc ist verdattert, als ich ihn überhole. Ausgerechnet an dieser Stelle. Hier ist es noch niemals jemandem von uns gelungen, an ihm vorbeizukommen.

»Yeah!«, triumphiere ich brüllend. »Wer geht nun in die Knie, hä?!«

»Gut gebrüllt, Junge«, ruft Luc mir nach. »Aber noch bist du nicht im Ziel!«

Ich gebe Gas. Hänge mich schwer rein. Keuche, strample, heute kann ich gewinnen, heute gelingt mir alles. Ich rase über die Kuppe hinweg und dann hebe ich für einen Wimpernschlag vom Boden ab.

Ich lache vor Freude. Das ist perfekt. Ich liebe es, ja, verdammte Pampe, ich liebe mein Leben!

Und selbst als ich seitlich wegdrifte und Sekunden später

Dreck spuckend im Staub hocke – mein cooles Future-Bike ein gutes Stück von mir entfernt – und hoffe, dass mein Steißbein nur geprellt und nicht gebrochen ist, selbst da bin ich noch immer randvoll mit Glück und Lebensfreude!

Oh ja, Leute, glaubt es mir, das Leben ist schön. Und wenn man Freunde hat, ich meine, so richtig gute wie die Super Jumper, dann ist es sogar noch viel, viel fantastischer!

Antje Szillat brachte bereits mit acht Jahren ihre ersten Geschichten zu Papier. Doch ihren damals größten Wunsch, Schriftstellerin zu werden, verlor sie später aus den Augen und schlug zunächst ganz andere berufliche Wege ein. Nach der Geburt ihres ersten Sohnes begann sie schließlich damit, ihren Kindheitstraum wahr werden zu lassen.

Heute schreibt die gebürtige Hannoveranerin sehr erfolgreich Bücher für Kinder, Jugendliche und junge Erwachsene und schlüpft dabei gern in die unterschiedlichsten Rollen.

Antje Szillat lebt mit ihrem Mann und ihren vier Kindern vor den Toren ihrer Lieblingsstadt Hannover. Zu ihrer lustigen »kleinen« Großfamilie gehören Pferde, Hunde, Kaninchen, Goldfische und natürlich viele, viele Bücher.

Kim Schmidt, Jahrgang 1965, arbeitet als freier Illustrator, Comiczeichner und Autor. Sein bevorzugtes Thema ist das Leben einst und jetzt in der norddeutschen Küstenebene. Darüber hinaus ist er in der Nachwuchsförderung aktiv, gibt Zeichenworkshops und betreibt im Internet ein Forum für Zeichner: www.comiczeichenkurs.de.

Für Coppenrath hat er die erfolgreiche Reihe »Rick« von Antje Szillat illustriert.

Antje Szillat
Die Super Jumper
Luc – Nicht von diesem Planeten!
176 Seiten. Hardcover.
Ab 10 Jahren.
ISBN 978-3-649-61378-7

Hey, ihr Vorstadtzombies, ich bin Luc und Streetbiken ist mein Leben. In Hamburg über den Asphalt zu heizen und ein paar halsbrecherische Moves hinzulegen, ist das Größte für mich. Und jetzt sitze ich hier in der Pampa fest, in die meine Eltern mich verschleppt haben. Nur Schwachmaten um mich herum, keine coole Rampe weit und breit ... als einziger Trost mein nagelneues BMX-Bike, mit dem meine Mum mich erpresst hat. Gestern noch war ich mir sicher, dass ich bei der ersten Gelegenheit von hier abhauen würde. Doch was dann passiert ist, Leute, das glaubt mir keiner!

Antje Szillat
Die Super Jumper
Sami, der Schlangenbeschwörer
176 Seiten. Hardcover.
Ab 10 Jahren.
ISBN 978-3-649-61379-4

„Kannst du mein Bike verkaufen, Kulle?" Noch vor ein paar Tagen hätte ich nicht gedacht, dass ich diesen Satz jemals sagen würde – im Leben nicht! Schließlich gehöre ich, Sami, zu den Super Jumpern, und mit dem BMX durch das gefährliche Gelände des Hexenkessels zu rasen, finde ich einfach nur genial! Mein Vater lässt mir allerdings leider keine Wahl, ich brauche die Kohle. Echt ätzend, dass ausgerechnet jetzt ein paar miese Typen unser Chill House zerstört haben ... Da kann ich die anderen doch nicht einfach hängen lassen und aussteigen, oder?!

Rick

ECHT durchgeknallt & genial daneben!

ISBN 978-3-8157-5298-2
Auch als @book erhältlich:
978-3-649-60966-7

ISBN 978-3-649-60292-7
Auch als @book erhältlich:
978-3-649-60993-3

ISBN 978-3-649-60572-0
Auch als @book erhältlich:
978-3-649-61135-6

ISBN 978-3-649-61027-4
Auch als @book erhältlich:
978-3-649-61244-5

ISBN 978-3-649-61288-9
Auch als @book erhältlich:
978-3-649-61477-7

ISBN 978-3-649-61289-6
Auch als @book erhältlich:
978-3-649-61606-1

Jo Franklin
Hilfe, ich bin ein Genie!
160 Seiten. Hardcover.
Ab 10 Jahren.
ISBN 978-3-649-61793-8

Daniel Kendal hat das kleinste Gehirn der Welt und weiß absolut nichts über irgendwas.

Das dachte er jedenfalls – bis er ein Quiz gewinnt und seine Schule nun bei der Superhirn-Meisterschaft vertreten soll, die sogar im Fernsehen übertragen wird. Was für eine Horrorvorstellung! Wird Daniel sich unsterblich blamieren und der absolute Superloser?
Zum Glück ist sein zweitbester Freund Gordon ein echtes Superhirn. Vielleicht hat Daniel mit seiner Hilfe doch noch eine Chance, sich gegen die Genies durchzusetzen ...

Ein Comic-Roman für Intelligenzbestien, Schlaufüchse und ganz normale Durchblicker.

· Leseprobe ·

HILFE, ICH BIN EIN GENIE!

(…) Auf dem Weg in die Schule überlegte ich die ganze Zeit, was es mit dem Brief aus den USA auf sich haben könnte. Mum wollte immer schon Urlaub in Amerika machen, aber Dad fliegt nicht gern, darum unternehmen wir keine Flugreisen. Letztes Jahr hat Mum ihn zu einem Kurs angemeldet: »Mit Hypnose die Flugangst bekämpfen.« Vielleicht hat er seine Angst ja jetzt überwunden und als Überraschung eine USA-Reise gebucht. Das wäre klasse. Wir könnten einen richtigen Cowboy-Urlaub machen!

Wir könnten ins Guinness-Buch der Rekorde kommen, indem wir an einem einzigen Tag alle Fenster am Empire State Building putzen.

Oder wir könnten mit verbundenen Augen über den Grand Canyon balancieren.

Am liebsten möchte ich aber nach Florida und alle Freizeitparks besuchen, Disneyland zum Beispiel oder die Universal Filmstudios. Außerdem scheint dort immer die Sonne, das würde Mum gefallen.

Ja, ich schätze, dass Dad mit uns nach Florida fliegen wird. Das wird unser coolster Urlaub aller Zeiten!

Als ich die Tür zum Klassenzimmer öffnete, wurde ich von Geschrei begrüßt.

»Mehr! Mehr! Mehr!«, riefen alle, aber ich konnte nicht erkennen, wovon sie mehr wollten, weil so viele aufgespannte Regenschirme mir den Blick versperrten.

»Ich schlage vor, dass Sie sich schützen, Mr Kendal.« Mein zweitbester Freund, Gordon, das Superhirn, stand direkt neben der Tür. Über seinem Blazer trug er einen langen, flatterigen Regenponcho aus Plastik. Seinen geliebten Laptop hatte er sich wie üblich mit einer Schnur um den Hals gehängt, wie einen Bauchladen, aus dem man Süßigkeiten verkauft. Doch da das Regencape darüber hing, sah es so aus, als würde er sehr bald ein Kind bekommen.

Gordon ist nicht nur ein schlimmer Alleswisser, sondern auch ein übler Sauberkeitsfanatiker, der wirklich alles Erdenkliche tut, um nicht schmutzig zu werden – aber dieses Outfit hatte ich noch nicht gesehen.

»Was soll das denn?«, fragte ich und deutete auf seinen Poncho.

»Ich musste einen Schutzanzug improvisieren«, erklärte er. »Ich habe einen bestellt, aber der wurde noch nicht geliefert. Es ist ein beschichteter Ganzkörperanzug für höchste Beanspruchungen mit eingebauter Atemmaske. Er schützt vor Anthrax, Sarin und radioaktiver Strahlung. In so einem Ding kann ich drei Stunden lang überleben.«

»Wovor musst du dich denn hier schützen?«

Mit zitterndem Finger deutete Gordon auf die Kinder, die immer noch im Sprechchor riefen.

»Essen! Essen! Essen!« Sie trampelten mit den Füßen und hämmerten mit den Fäusten auf die Tische. Ich sprang auf einen Stuhl, um mir eine bessere Übersicht zu verschaffen.

Freddo und Rooner, der Kapitän der Fußballmannschaft, saßen einander gegenüber und stopften sich Chips in den Mund. Der Boden war übersät mit leeren Chipstüten.

Rooners und Freddos Backen hatten dicke Beulen und ihre Gesichter waren mit fettigen Krümeln paniert.

Nicht schon wieder ein Chips-Wettessen! Wann gibt Rooner endlich auf? Freddo ist der Chips-Champion. Er tut zwar immer so entspannt, aber in Wirklichkeit ist er der ehrgeizigste Mensch, den ich kenne, wenn es um Wettkämpfe geht.

Freddo leckte sich die Lippen und schluckte schwer. Er packte eine weitere Handvoll Chips und schaufelte sie sich in den Mund.

»Freddo geht in Führung!«, rief Spike.

Rooners Backen blähten sich bedenklich, als er versuchte, die ganzen frittierten Kartoffeln in seinem Mund samt Zusatzstoffen herunterzuschlucken. Sein Gesicht verfärbte sich grünlich.

Gordon flüchtete in die entfernteste Ecke des Klassenzimmers und duckte sich tief in seinen Schutzanzug.

Jemand öffnete eine Packung Chips mit Käse-Zwiebel-Geschmack und hielt sie Rooner unter die Nase. Rooner presste sich die Hand auf den Mund und sah sich mit hervorquellenden Augen hektisch um.

Freddo kaute immer noch, aber es sah nicht gut aus. Sein ganzer Körper wabbelte wie eine ausgeleierte Waschmaschine, während er zu schlucken versuchte.

In diesem Augenblick betrat Mr Pitdown die Klasse.

»Was ist hier los?« Unser Lehrer zupfte am einen Ende seines Schnurrbarts. Alle verstummten. Man konnte nur noch hören, wie Freddo mampfte und Rooner würgte.

Dann hielten die beiden Chips-Gegner inne, schlossen die Augen und standen schließlich reglos da.

»Setzt euch, ich habe etwas Wichtiges zu verkünden.«

Freddo und Rooner rissen gleichzeitig die Augen auf. Ohne Vorwarnung explodierte aus ihren Mündern Chips-Konfetti wie Lava bei einem Vulkanausbruch.

Flieg weit!
HEPP!